艾青诗选

艾青
著

王晓
编选

1

人民文学出版社

图书在版编目（CIP）数据

艾青诗选：全3册／艾青著；王晓编选.—北京：人民文学出版社，2023
（初中名著高分计划）
ISBN 978-7-02-018028-8

Ⅰ.①艾… Ⅱ.①艾…②王… Ⅲ.①诗集—中国—当代 Ⅳ.①I227

中国国家版本馆CIP数据核字（2023）第096692号

责任编辑 季金萍
装帧设计 刘 静 刘 远
责任印制 宋佳月

出版发行 人民文学出版社
社 址 北京市朝内大街166号
邮政编码 100705

印 刷 北京侨友印刷有限公司
经 销 全国新华书店等

字 数 251千字
开 本 710毫米×1000毫米 1/16
印 张 21
印 数 1—10000
版 次 2012年6月北京第1版
印 次 2023年7月第1次印刷

书 号 978-7-02-018028-8
定 价 48.00元（全三册）

初中名著高分计划

编 委 会

目录

整本书导读

本书是中国现当代**诗人艾青**的诗歌选集，收录了包括《大堰河——我的保姆》《我爱这土地》《鱼化石》等在内的四十余首诗，基本涵盖了艾青不同时期、不同风格的创作。艾青早期的诗风格深沉、忧郁，深切关注中华民族的坎坷命运和劳动人民的苦难，又以饱满的战斗精神和进取精神呼唤人民保卫国家的意识。1949年后，艾青开始各处游历，先后访问苏联、智利等，诗歌内容更为广泛。1957年，他被错划为“右派”，创作上也陷入沉寂。1976年后，艾青重回诗坛，他这一时期的诗歌更鲜明地表现出对自然、人生和社会的深刻思考。

扫码听名家导读

关于作者

基本信息

艾青，原名**蒋正涵**，字**养源**，号**海澄**，中国现当代著名诗人、画家。代表作品有诗歌**《大堰河——我的保姆》《雪落在中国的土地上》《北方》《黎明的通知》**等，另有散文集《绿洲笔记》，理论著作《新文艺论集》《诗论》等。

土地和光明的歌者

“土地”和“太阳”是艾青诗作中最重要的两个意象。

“土地”象征着饱经磨难的祖国，凝结着艾青对祖国深沉炽热的爱。《我爱这土地》中，诗人借歌咏一只鸟，表达了愿与祖国生死相依的情感。另外，“土地”的意象还凝聚着诗人对生长在这片土地上的劳动者的关切。《雪落在中国的土地上》描绘了普通人在战争中遭受的苦难，体现出诗人的爱国情怀和悲悯之心。艾青的诗展示了最为朴素真实的人民生活，具有不朽的艺术生命力。

“太阳”象征着光明和希望，蕴含着诗人对美好生活的孜孜以求。艾青被称为“太阳与火把”的歌手，他的长诗《太阳》《向太阳》借歌颂太阳，表达了以光明驱逐黑暗、以斗争获得胜利的心愿，更是歌颂了“太阳照耀下”的解放区里，东方巨人的苏醒和人性的自由。他的诗中饱含着希望，具有强烈的感染力。

本册导读

本册基本信息

本册是整本书的第一分册，作为整本书的开端，能让我们初步感知艾青的诗歌风格。本册的诗歌属于艾青创作的第一个高峰，这一时期的诗歌风格凝重、深沉而又大气，描写国家民族的苦难、悲伤，呼唤人们奋起反抗与斗争，充满“土地的忧郁”。

阅读计划自检

开始阅读时间

______年______月______日

实际结束时间

______年______月______日

阅读所用时长
（建议时长：1 周）

_____天

阅读感受

- ☐ 轻轻松松读完，无压力，意犹未尽
- ☐ 能在建议时长内读完，并且读懂了
- ☐ 稍有些拖沓，理解起来不是很顺利
- ☐ 时间太短了，没有读完而且没看懂

扫码听名师说书

大堰河——我的保姆[1]

内容速览

在这首诗中，诗人回忆与追思了自己的乳母大堰河，展现了这位贫苦农妇平凡却又不幸、坎坷的一生，抒发了对大堰河深沉的爱，以及无限感激和怀念之情。

阅读指南

✦ **诗歌阅读属性：**【细读】

✦ **阅读方法落实：**【如何读诗】朗读诗歌，感受诗歌中有规律的排比和复沓，体会艾青诗歌的“散文美”。感受诗歌中通过各种意象所营造的意境和氛围，体味诗人情感。

✦ **核心内容感知：**【品味情思】对大堰河的赞颂、感恩与深沉的哀思。

诗歌图解

大堰河——我的保姆

- **引起回忆（1—3节）**：交代大堰河的身份来历及她与“我”的关系 —— **怀念与痛悼**
- **大堰河生前（4—8节）**：家务繁重，疼爱乳儿；含泪离别，贫富对比；生活勤俭，宽厚善良；亲如母子，甜蜜好梦 —— **眷恋与感激**
- **大堰河死后（9—11节）**：死后凄苦，一生悲凉；殡葬之薄，悲惨写照；家人遭遇，悲剧命运 —— **同情与诅咒**
- **直接赞美（12—13节）**：诗人呈给大堰河的挽歌与献诗 —— **讴歌与赞美**

原文阅读

大堰河，是我的保姆。[2]
她的名字就是生她的村庄的名字，
她是童养媳，
大堰河，是我的保姆。

我是地主的儿子；
也是吃了大堰河的奶而长大了的
大堰河的儿子。
大堰河以养育我而养育她的家，
而我，是吃了你的奶而被养育了的，
大堰河啊，我的保姆。

大堰河，今天我看到雪使我想起了你：
你的被雪压着的草盖的坟墓，
你的关闭了的故居檐头的枯死的瓦菲，
你的被典押了的一丈平方的园地，
你的门前的长了青苔的石椅，
大堰河，今天我看到雪使我想起了你。

你用你厚大的手掌把我抱在怀里，抚摸我；
在你搭好了灶火之后，
在你拍去了围裙上的炭灰之后，
在你尝到饭已煮熟了之后，
在你把乌黑的酱碗放到乌黑的桌子上之后，
在你补好了儿子们的为山腰的荆棘扯破的衣服之后，
在你把小儿被柴刀砍伤了的手包好之后，
在你把夫儿们的衬衣上的虱子一颗颗的掐死之后，

老师有话说

1- 拓展知识

1932年，诗人加入中国左翼美术家联盟，因参加进步活动被捕。1933年，他在狱中写下了这首诗。这也是青年诗人蒋海澄第一次使用艾青这个笔名发表诗歌。

2- 拓展知识

艾青是母亲难产而生下的，被认为“克父母”，因此一到三岁被寄养在贫苦农妇“大堰河”家。

【如何读诗】

这一段描绘了多种意象，“雪”是其中比较重要的一个：诗人于铁窗之内望窗外雪花，本就孤苦，更由眼前之雪想起了大堰河坟墓上的雪，以及她那衰败的故居，在萧索、凄凉、凋敝的画面中，流露出诗人对大堰河的深切怀念、对其悲惨经历的哀悼。

【考题链接 1】

诗歌的第3节写了哪些意象，有什么作用？
—— 答案见第77页

在你拿起了今天的第一颗鸡蛋之后，
你用你厚大的手掌把我抱在怀里，抚摸我。

我是地主的儿子，
在我吃光了你大堰河的奶之后，
我被生我的父母领回到自己的家里。
啊，大堰河，你为什么要哭？

我做了生我的父母家里的新客了！
我摸着红漆雕花的家具，
我摸着父母的睡床上金色的花纹，
我呆呆地看着檐头的我不认得的“天伦叙乐”的匾，
我摸着新换上的衣服的丝的和贝壳的纽扣，
我看着母亲怀里的不熟识的妹妹，
我坐着油漆过的安了火钵的炕凳，
我吃着碾了三番的白米的饭，
但，我是这般**忸怩不安**[3]！因为我
我做了生我的父母家里的新客了。

大堰河，为了生活，
在她流尽了她的乳液之后，
她就开始用抱过我的两臂劳动了，
她含着笑，洗着我们的衣服，
她含着笑，提着菜篮到村边的结冰的池塘去，
她含着笑，切着冰屑窸索的萝卜，
她含着笑，用手掏着猪吃的麦糟，
她含着笑，扇着炖肉的炉子的火，
她含着笑，背了团箕到广场上去[4]

3- 字词解释

忸怩（niǔ ní）不安：忸怩，不好意思或不大方的样子。形容心里慌乱，手足无措。

4- 考点 情感分析

此处连用六个排比句，描写大堰河不分寒暑、年复一年地承担着如此繁重的劳动——洗衣、洗菜、喂猪、炖肉、晒粮食……“含着笑”的神态描写，一方面写出她对生活的乐观态度，表现出她任劳任怨、质朴宽厚的品格；另一方面，这“笑”背后隐藏着数不尽的艰辛，她的笑比哭更令人心酸。

【考题链接2】

《大堰河——我的保姆》是艾青的成名作。请概括“保姆大堰河”的形象并体味诗人对她的感情。

——答案见第77页

　晒好那些大豆和小麦，
大堰河，为了生活，
在她流尽了她的乳液之后，
她就用抱过我的两臂，劳动了。

大堰河，深爱着她的乳儿；
在年节里，为了他，忙着切那冬米的糖，
为了他，常悄悄地走到村边的她的家里去，
为了他，走到她的身边叫一声“妈”，
大堰河，把他画的大红大绿的关云长
　贴在灶边的墙上，
大堰河，会对她的邻居夸口赞美她的乳儿；
大堰河曾做了一个不能对人说的梦：
在梦里，她吃着她的乳儿的婚酒，
坐在辉煌的结彩的堂上，
而她的娇美的媳妇亲切的叫她“婆婆”
……
大堰河，深爱她的乳儿！

大堰河，在她的梦没有做醒的时候已死了。
她死时，乳儿不在她的旁侧，
她死时，平时打骂她的丈夫也为她流泪，
五个儿子，个个哭得很悲，
她死时，轻轻地呼着她的乳儿的名字，
大堰河，已死了，
她死时，乳儿不在她的旁侧。

大堰河，含泪的去了！

同着四十几年的人世生活的凌侮，
同着数不尽的奴隶的凄苦，
同着四块钱的棺材和几束稻草，
同着几尺长方的埋棺材的土地，
同着一手把的纸钱的灰，
大堰河，她含泪的去了。

这是大堰河所不知道的：
她的醉酒的丈夫已死去，
大儿做了土匪，
第二个死在炮火的烟里，
第三，第四，第五
在师傅和地主的叱骂声里过着日子。5
而我，我是在写着给予这不公道的世界的咒语。
当我经了长长的飘泊回到故土时，
在山腰里，田野上，
兄弟们碰见时，是比六七年前更要亲密！
这，这是为你，静静的睡着的大堰河
所不知道的啊！

大堰河，今天，你的乳儿是在狱里，
写着一首呈给你的赞美诗，
呈给你黄土下紫色的灵魂，
呈给你拥抱过我的直伸着的手
呈给你吻过我的唇，
呈给你泥黑的温柔的脸颜，
呈给你养育了我的乳房，
呈给你的儿子们，我的兄弟们，

【如何读诗】

大堰河只活了“四十几年”，她一直在劳作、付出，受尽了凌侮和剥削，就连离开人世时，也只得到了四块钱的棺材和几束稻草、几尺长方的埋棺材的土地、一手把的纸钱的灰——竟是如此简陋和随意。这一连串的排比将她一生的悲苦、凄凉表现得淋漓尽致。

5- 考点 情感分析

大堰河死后，其家人的处境愈发悲惨，他们的遭遇是旧中国农民生活和命运的缩影。对“这不公道的世界”，诗人充满了怨愤。

呈给大地上一切的，
我的大堰河般的保姆和她们的儿子，
呈给爱我如爱她自己的儿子般的大堰河。

大堰河，
我是吃了你的奶而长大了的
你的儿子，
我敬你
爱你！

一九三三年一月十四日　雪朝

芦笛

——纪念故诗人阿波里内尔[1]

内容速览

本诗是为纪念已故的法国诗人阿波里内尔而作，是艾青遭到监禁后发出的反抗之音，表达了诗人对艺术和自由的执着追求，对中国反动统治者的控诉和诅咒，具有强烈的反叛色彩。

阅读指南

- **诗歌阅读属性：**【细读】
- **阅读方法落实：**【如何读诗】朗读诗歌，感受其中的“散文美”。品味“芦笛”这个意象丰富的象征内涵。
- **核心内容感知：**【品味情思】对这个罪恶世界的控诉，对反动统治的反抗。

诗歌图解

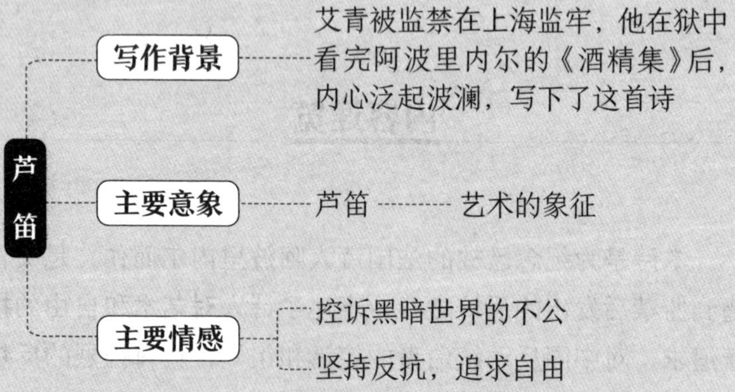

原文阅读

J'avais un mirliton que je n'aurais pas échangé contre un bâton de maréchal de France.

—— G.Apollinaire[①]

我从你彩色的**欧罗巴**[2]
带回了一支芦笛，
同着它，
我曾在大西洋边
像在自己家里般走着，
如今
你的诗集“Alcool[②]”是在上海的巡捕房里，
我是“犯了罪”的，
在这里
芦笛也是禁物。
我想起那支芦笛啊，
它是我对于欧罗巴的最真挚的回忆，
阿波里内尔君，
你不仅是个波兰人
因为你
在我的眼里，
真是一节流传在**蒙马特**[3]的故事，
那冗长的，
  惑人的，
由玛格丽特震颤的褪了脂粉的唇边

① 法文：当年我有一支芦笛，
拿法国大元帅的节杖我也不换。
—— 阿波里内尔

② Alcool：法文，酒。

老师有话说

1- 拓展知识

阿波里内尔：今译阿波利奈尔（1880—1918），法国现代派诗人。他生于罗马，母亲是波兰人。他主张诗歌艺术的创新，代表作有《酒精集》《加利格朗姆》等。

2- 拓展知识

欧罗巴：即欧洲（Europe），其全称是欧罗巴洲。1929年，在林风眠校长的鼓励下，艾青赴法勤工俭学，主攻绘画，在巴黎接触到了欧洲现代派诗歌。

3- 拓展知识

蒙马特：法国巴黎北部的一座一百多米高的山丘，在塞纳河的右岸。19世纪末20世纪初，这里是一处艺术家聚居地，梵高、毕加索、阿波里内尔等都在这里活动过。

4- 考点 情感分析

白里安（1862—1932）是法国政治家，曾动用军队严厉镇压了1910年法国铁路工人大罢工运动。俾（bǐ）士麦（1815—1898），即俾斯麦，德意志帝国的“铁血宰相”，他用强权和武力完成了德意志的统一。诗人轻蔑地唾骂他们，实际也暗中咒骂着当时压迫、蹂躏中国的帝国主义者和专制统治者。

5- 拓展知识

波特莱尔和兰布：即波德莱尔（1821—1867）和兰波（1854—1891）。二者皆是19世纪法国著名诗人。

6- 考点 情感分析

艾青在巴黎生活的三年物质上是很贫困的，但他始终保持着诗人“自矜”的姿态，这是一种倔强和坚强。

吐出的堇色的故事。
谁不应该朝向那
白里安和俾士麦的版图
吐上轻蔑的唾液呢 ——[4]
那在眼角里充溢着贪婪，
卑污的盗贼的欧罗巴！
但是，
我耽爱着你的欧罗巴啊，
波特莱尔和兰布[5]的欧罗巴。
在那里，
我曾饿着肚子
把芦笛自矜的吹，[6]
人们嘲笑我的姿态，
因为那是我的姿态呀！
人们听不惯我的歌，
因为那是我的歌呀！
滚吧
你们这些曾唱了《马赛曲》，
而现在正在淫污着那
光荣的胜利的东西！
今天，
我是在**巴士底狱**[7]里，
不，不是那巴黎的巴士底狱。
芦笛并不在我的身边，
铁镣也比我的歌声更响，
但我要发誓 —— 对于芦笛，
为了它是在痛苦的被辱着，
我将像一七八九年似的

向灼肉的火焰里伸进我的手去！
在它出来的日子，
将吹送出
对于凌侮过它的世界的
毁灭的咒诅的歌。
而且我要将它高高地举起，
以悲壮的 Hymne[①]
把它送给海，
送给海的波，
粗野的嘶着的
海的波啊！

一九三三年三月二十八日

① Hymne：法文，颂歌。

7- 拓展知识

巴士底狱：位于巴黎市区东部，原是防守城堡，后成为专门关押政治犯的监狱，是法国君主专制制度的象征。

【如何读诗】

芦笛是艺术的象征，“巴士底狱”是专制权力的象征，诗人正在中国的“巴士底狱”中经受着监禁和迫害。巴黎人民在1789年攻占了巴士底狱，拉开了法国大革命的序幕。欧洲如此，中国也必将如此。想要有艺术和文学的自由，必然要经历苦难，也必然要有人反抗和斗争。

马赛[1]

内容速览

这首诗揭露了资本主义工业的罪恶。马赛是法国最大的港口城市，它的繁华和发展建立在对工人的剥削和压榨的基础上。而包括法国在内的帝国主义国家，更是对其他民族进行了无情的侵犯和掠夺。诗中处处可见对被压迫民族和人民的同情及对压迫者的憎恶。

阅读指南

- **诗歌阅读属性：**【细读】
- **阅读方法落实：**【如何读诗】品味本诗中大胆的联想和想象，体会诗人描绘的种种画面。寻找诗中的意象，品味其背后的深刻内涵。
- **核心内容感知：**【品味情思】对资本主义和帝国主义罪恶的憎恶，对祖国人民命运的关怀。

诗歌图解

马赛

- **主要意象**
  - **街道上**
    - 颠扑的货车
    - 潜伏着计谋和欺瞒的商铺
    - 市集的喧声
    - 匆忙的行人
  - **工厂里**
    - 流散着黑色煤烟的烟囱
    - 灰色的装货的麻袋
    - 肌瘦枯干的工人
  - **码头上**
    - 堆货栈、转运公司、大商场的广告
    - 大邮轮
- **主要情感**
  - 揭露资本主义和帝国主义的丑陋和黑暗
  - 深沉的爱国情怀

原文阅读

如今
无定的行旅已把我抛到这
陌生的海角的边滩上了。[2]

看城市的街道
摆荡着，
货车也像醉汉一样颠扑，
不平的路
使车辆如村妇般
连咒带骂地滚过……
在路边
无数商铺的前面
潜伏着
期待着
看不见的计谋，
和看不见的欺瞒……[3]
市集的喧声
像出自运动场上的千万观众的喝彩声般
从街头的那边
冲击地
播送而来……
接连不断的行人，
匆忙地，
跄踉地，
在我这迟缓的脚步旁边拥去……
他们的眼都一致地
观望他们的前面

老师有话说

1- 拓展知识

马赛：法国东南部的一座港口城市。在法国大革命时期，马赛军团高唱《莱茵河军队战歌》（后来改名为《马赛曲》）向巴黎进发，而《马赛曲》也成为了自由的赞歌。然而随着时代发展，这个曾经的光荣城市却在资本主义的黑暗中堕落了。

2- 考点 情感分析

开篇点出诗人在“陌生的海角的边滩上”，通过环境描写烘托出他心情的阴郁。

3- 考点 情感分析

马赛是繁华的，却也是混乱的。诗人多次使用比喻和拟人的手法，描绘了马赛街头纷杂失序的景象，“颠扑”“连咒带骂”“欺瞒”等略带贬义色彩词语更是表达了诗人的厌恶之情。

—— 如海洋上夜里的船只
朝向灯塔所指示的路，
像有着生活之幸福的火焰
在茫茫的远处向他们招手
……
在你这陌生的城市里，
我的快乐和悲哀，
都同样地感到单调而又孤独！
像唯一的骆驼，
在无限风飘的沙漠中，
寂寞地寂寞地跨过 ……
街头群众的欢腾的呼嚷，
也像飓风所煽起的砂石，
向我这不安的心头
不可抗地飞来 ……
午时的太阳，
是中了酒毒的眼，
放射着混沌的愤怒
和混沌的悲哀 ……
它
嫖客般
凝视着
厂房之排列与排列之间所伸出的
高高的烟囱。
烟囱！
你这为资本所奸淫了的女子！
头顶上
忧郁的流散着

【如何读诗】

在艾青的很多诗中，太阳是希望、美好的象征，在这里它却被比作“中了酒毒的眼”，放射着“愤怒”和“悲哀”，凝视着马赛的混乱和失序。这一独特的比喻，展现了马赛这个城市背后隐藏的黑暗和丑恶。

【如何读诗】

“为资本所奸淫了的女子”“弃妇之披发”“肺结核病患者的灰色的痰”，一系列大胆又令人心惊的比喻背后，蕴含着诗人对这座城市黑暗面的控诉与憎恶，以及对被压迫的劳动人民的同情。

弃妇之披发般的黑色的煤烟……
多量的
装货的麻袋，
像肺结核病患者的灰色的痰似的
从厂旁的门口，
不停地吐出……看！
工人们摇摇摆摆地来了！
如这重病的工厂
是养育他们的母亲——
保持着血统
他们也像她一样的肌瘦枯干！
他们前进时
溅出了沓杂的言语，
而且
一直把繁琐的会话，
带到电车上去，
和着不止的狂笑
和着习惯的手势
和着红葡萄酒的
空了的瓶子。

海岸的码头上，
堆货栈
和转运公司
和大商场的广告，
强硬的屹立着
像林间的盗
等待着及时而来的财物。

那大邮轮
就以熟识的眼对看着它们
并且彼此相理解地喧谈。
若说它们之间的
震响的
冗长的言语
是以钢铁和矿石的词句的，
那起重机和搬运车
就是它们的怪奇的嘴。
这大邮轮啊
世界上最堂皇的绑匪！
几年前
我在它的肚子里
就当一条米虫般带到此地来时，
已看到了
它的大肚子的可怕的容量。
它的饕餮的鲸吞
能使东方的丰饶的土地
遭难得
比经了蝗虫的打击和旱灾
还要广大，深邃而不可救援！
半个世纪以来
已使得几个民族在它们的史页上
涂满了污血和耻辱的泪……
而我——
这败颓的少年啊，
就是那些民族当中
几万万里的一员！4

【如何读诗】

“大邮轮”是资本主义的爪牙，诗人用拟人的手法描写了这冰冷的机器的可怕之处，外表的富丽堂皇，遮盖不住它们掠夺资源的恶行。“大邮轮”不断扩张，给被掠夺的民族带来毁灭性的打击，给人民带来无限的灾难和痛苦。

4- 考点 情感分析

诗人联想到自己的民族和国家也是被掠夺、被侵犯的对象，内心的愤怒达到了顶峰，“败颓”一词尽显他的悲哀和无奈。

今天
大邮轮将又把我
重新以无关心的手势，
抛到它的肚子里，
像另外的
成百成千的旅行者们一样。
马赛！
当我临走时
我高呼着你的名字！
而且我
以深深了解你的罪恶和秘密的眼，
依恋地
不忍舍去地看着你，
看着这海角的沙滩上
叫嚣的
叫嚣的
繁殖着那暴力的
无理性的
你的脸颜和你的
向海洋伸张着的巨臂，
因为你啊
你是财富和贫穷的锁孔，
你是掠夺和剥削的赃库。
马赛啊
你这盗匪的故乡
可怕的城市！

一个拿撒勒人[1]的死

内容速览

这是一首长篇叙事诗，取材于《圣经》故事，讲述了耶稣因犹大的出卖被捕，直至被钉死在十字架上的全过程，歌颂了为真理和正义而献身的伟大精神。这首诗是艾青在监狱中所写，耶稣这个“要救人的如今却不能救自己了”的英雄身上有他自己的影子。

阅读指南

- **诗歌阅读属性：**【细读】
- **阅读方法落实：**【如何读诗】感受诗歌中呈现的画面和人物动态。
- **核心内容感知：**【品味情思】对黑暗旧社会的痛恨，对牺牲者的礼赞。

诗歌图解

一个拿撒勒人的死

- **写作背景**
  - 1933年，艾青被捕入狱，他在狱中得了严重的肺病，随时有死的可能
- **情节发展**
  - 进入耶路撒冷
  - 被犹大出卖后遭逮捕
  - 接受审问和折磨
  - 被钉死在十字架上
- **主要情感**
  - 对英雄不被理解的叹惋
  - 对黑暗社会的愤慨
  - 对广大民众的呼唤

原文阅读

一粒麦子落在地里不死，仍旧是一粒；
若是死了，就结出许多子粒来。
——《圣经·新约·约翰福音》十二章

朝向耶路撒冷
“**和散那**[2]！ 和散那！”的呼声
像归巢的群鸦般聒叫着
成百成千的群众
拥着那骑在驴背上的拿撒勒人
望宏伟的城门
前进着……
拿撒勒人
在**清癯**[3]的脸上
露着仁慈的笑容。
那微笑里
他记忆起
昨天在**伯大尼**[4]的宴席上
当玛利亚
倒了哪哒香膏在他脚背上的时候，
同席的加略人**犹大**[5]的言语
“这香膏
为什么不卖三十两银子
周济周济穷人呢？”
—— 他说时，露着狡猾的贪婪的光 ——
如今
在驴背上的 —— 微笑的
被人们欢呼做“以色列王”的

老师有话说

1- 拓展知识

拿撒勒人：指耶稣，传说耶稣青少年时期居住在拿撒勒。

2- 拓展知识

和散那：希伯来语，原有求救的意思，后引申为赞美。这是耶稣骑着驴子进入耶路撒冷时，民众们的欢呼之辞。

3- 字词解释

清癯（qú）：清瘦。

4- 拓展知识

伯大尼：《圣经》里的地名，原意为“枣园”或“无花果之家”“苦难之家”。这里的人们欢迎且感恩耶稣。

5- 拓展知识

犹大：耶稣的门徒之一。犹太教祭司长及长老图谋捕杀耶稣，犹大主动找上门，答应以30银币的报酬把耶稣交给他们。耶稣预言了自己的死亡。

拿撒勒人，已知道了
他自己在这世界上的
　生命之最后的价格。
逾越节的前晚
在兴腾的餐席上
当那加略人犹大
受了他的遣发
带着钱袋出去之后
他为自己在世之日的短促
以爱的教言遗赠给
那十一个敬慕他的门人
并张开了两臂
申言着：
“荣耀将归于那遭难的人之子的
…… 不要悲哀，不要懊丧！
我将孤单的回到那
我所来的地方。
一切都将更变
世界呵
也要受到森严的审判
帝王将受谴责
盲者，病者，贫困的人们
将找到他们自己的天国。
朋友们，请信我
凭着我的预言生活去，
看明天
这片广大的土地
和所有一切属于生命的幸福

将从凯撒的手里
归还到那
以血汗灌溉过它的人们的！[6]
……
不要懊丧，不要悲哀！”
穿过黑色之夜
他和他的十一个门徒
经了汲沦溪
进入那惯常聚集的果园里时
看到了
从小径的那边
闪着灯笼和火把的光
兵士，祭司长，法利赛人的差役
随着那加略人犹大
向这边走来……
“拿撒勒人
在哪里？”
——他看到犹大的眼在暗处
  向他固执的窥视着——
于是他走上前去
以手指指着自己的胸脯，说
“是我。”[7]
第二天的黎明
他被拉到**彼拉多**[8]的前面受着审问
那彼拉多
摸着须子，翻弄着官腔：
“你是被祭司长和耶路撒冷的
长老们所控告的

6-考点 情感分析

诗人借耶稣的口说出，土地是属于生于斯长于斯的所有劳动者的，他们终有一天会得到自己应得的幸福。诗人愿意为这个理想的未来牺牲自己的生命。

【如何读诗】

这两句在诗中重复出现，传达出一种必胜的信念，具有振奋人心的力量。这是耶稣对门人们的呼告，也是艾青对人民的呼告。

7-考点 情感分析

耶稣勇敢地直面逮捕，其牺牲精神可见一斑。艾青也是如此，他敢于直面黑暗的社会现实，甘愿为了人民而斗争。

8-拓展知识

彼拉多：在犹太的罗马司令官，他自知耶稣并没有什么错，但害怕引起骚乱，因此宣判耶稣死罪。

你诱惑了良民
要拒抗给凯撒的税赋，
你是作乱的魁首
匪徒们的领袖；
你竟说
你能拆毁神的殿宇
这三天之内又建造起你自己的！
你这——
为什么不作声呢？嗯？”
经了苦刑的拷问
这拿撒勒人
坚定地说：
“胜利呵
总是属于我的！”9
这时候
无数的犹太民众和祭司长
　和长老们像野狗般嘶叫着：
“把他钉死！
把他钉死！”
他被带进了衙门
那里
兵士们把他的衣服剥去
给他披上了朱红的袍子
给他戴上
用玫瑰花刺做的冠冕
把唾液吐在他的脸上
用鞭子策他的肩膀
大笑的喊着：

9- 考点 情感分析

这是耶稣的宣言，也是艾青的信念。纵使在狱中受尽折磨，他也永远怀着对光明、对自由的追求与希望，并相信这一天终会到来，艾青是倔强的，更是坚强的。

"拿撒勒人
恭喜你呵！"[10]
在到哥尔哥察山的道上
兵士们把十字架压在他的肩上
—— 那是创伤了的肩膀 ——
苦苦的强迫他背负起来
用苦胆调和的酒
要他去尝。
在他的后面
跟随着一大阵的群众
一半是怀着好奇
一半是带着同情
有些信他的妇女
为他而号啕痛哭
于是他回过头来
断断续续地说：
"耶路撒冷的众女子啊
请不要为我哭泣……"
髑髅地[11]到了！
他被兵士们按到十字架上
从他的手掌和脚背
敲进了四枚长大的钉子……
再把十字架在山坡上竖立起。
他的袍子已被撕成四分
兵士们用它来拈阄：
众人站在远处观望着
有的说他是圣者
有的笑他荒唐

10- 考点 情感分析

耶稣被逮捕后经受着身体和精神的双重折磨，生命即将终结。耶稣的经历引起了艾青的情感共鸣，他也经历着被监禁的生活，在狱中几乎病死，这首诗他是当作遗言来写的。

11- 字词解释

髑髅（dú lóu）地：耶稣被钉死在十字架上的地方，又译作各各他。髑髅一般指死人的头骨。

【如何读诗】

这句话充满了壮志未酬的悲凉之情，表达了诗人对英雄命运的叹惋，对黑暗社会的控诉，但诗人仍然礼赞这种舍己救人的献身精神。

有的摇首冷嘲
“要救人的
如今却不能救自己了。”
落日照着崎岖的山坡
大地无言的默着，
只有原野的远处
传来飓风的吼叫，
整个的苍穹下
聚集着恐怖的云霞……
白日呵，将要去了！
在这最后的瞬间
从地平线的彼方
射出一道巨光
这巨光里映出
三个黑暗的十字架上的
三具尸身——
二个盗匪相伴着
中间的那个
头上钉着一块牌子
那上面
写着三种文字的罪状：
“耶稣，犹太人的王。”

一九三三年六月十六日病中

铁窗里

内容速览

本诗以窗为中心，一层一层展开，展现了诗人对美好生活的怀念和对自由的无限渴望。

阅读指南

- **诗歌阅读属性：**【细读】
- **阅读方法落实：**【如何读诗】朗读诗歌，感受诗歌中句式统一带来的音韵美。感受诗人通过意象堆叠呈现出的美丽画面，并思考其内涵。
- **核心内容感知：**【品味情思】对光明和自由的无限渴望。

诗歌图解

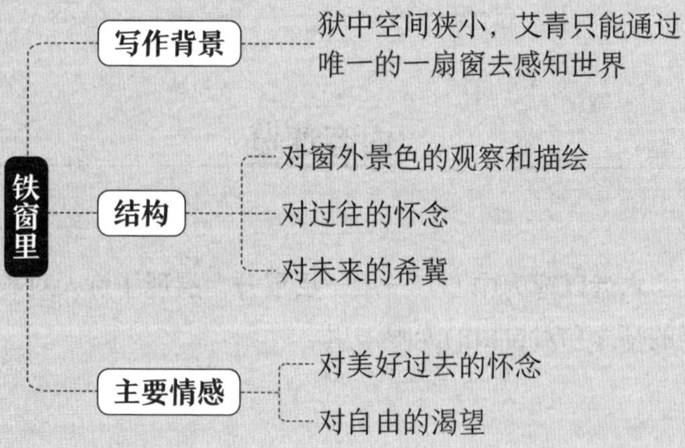

原文阅读

只能通过这惟一的窗，[1]
我才能 ——
看见熔铁般红热的奔流着的朝霞；
看见潮退后星散在平沙上的贝壳般的云朵；
看见如浓墨倾泻在素绢上的阴霾；
看见如披挂在贵妇人裸体上的绯色薄纱的霓彩；
看见去拜访我的故乡的南流的云；
看见拥上火的太阳的东海的云；
看见法兰西绘画里的塞纳河上的晴空；
看见微风款步过海面时掀起鱼鳞样银浪般的天；
看见狂热的夏的天，抑郁的春的天，飘逸而
　又凄凉的秋的天；
看见寂寞的残阳爬上
　延颈歌唱在屋脊上的鸠的肩背；
看见温煦的朝日在翩跹的鸽群的白羽上闪光；
看见夜游的蝙蝠回旋在沉重的暮气里 ……

只能通过这惟一的窗，
我才能举起 ——
对于海洋的怀念，
　当碧空虚阔地展开的时候；
对于**马雅可夫斯基**[2]的诗的太阳的怀念，
　当炎阳投射在赤色的围墙上；
对于千万的伸着古铜般巨臂的新世界创造者的怀念
　当汽笛的声音悠长而豪阔地横过；
对于秋的绯红的森林与萧萧芦洲的怀念，
　在秋风里；

老师有话说

1- 考点 修辞手法

这句话在整首诗中出现了三次，运用反复的修辞手法，强调了监狱的闭塞和狭小，表达了诗人心中深深的寂寞和苦闷。

【如何读诗】

这一部分连用了十二个“看见”，大段的排比使诗歌充满音韵美和节奏美。“朝霞”“云朵”“阴霾”“霓彩”等一系列意象被描绘得变化万千、鲜快明亮，体现出时光的流转，也与监狱的狭小晦暗形成对比。虽然身体被囚禁，但诗人的思绪却不受束缚，在黑暗的狱中依然保留着对美的感知与追求，这是诗人敏感心灵和高尚人格的体现。

2- 拓展知识

马雅可夫斯基（1893—1930）：苏联诗人。代表作有《穿裤子的云》等。

对于家乡的满山火焰般杜鹃花的怀念，
　在传来的卖花声里；
对于坐着白漆艇荡过烟水淼茫的湖的怀念，
　当天空扬过一片云的白帆；
对于都市的汹嚣的夜的街道的怀念，
　当墙外喧响过车声与人语；
对于被夕阳烫熨着的大地的怀念；
对于雪的怀念，
　五月的秋的海的怀念；
对于一切在我的记忆里留过烙印的东西，都
　怀念着……[3]

只能通过这惟一的窗，
我才能举起仰视的幻想的眼波，
在**迎迓**[4]一切新的希冀——
在黄昏里希冀皓月与繁星，
在深夜希冀着黎明，
在炎夏希冀凉秋，
在严冬又希冀新春，
这不断的希冀啊，
使我感触到世界的存在；
带给我多量的生命的力。[5]
这样，
我才能跨过——
　这黎明黄昏，黄昏黎明，春夏秋冬，秋冬春夏的茫
　　茫的时间的大海啊。

3- 考点　情感分析

这一部分用“对于……的怀念”的排比句式，列举了一系列诗人记忆中的美好事物，用丰富的联想和想象，为我们描绘出一幅幅美妙绝伦的画面。铁窗外任何一点声色光影的变化都能挑动诗人的思绪，他对自由和美好生活的怀念喷薄而出。

4- 字词解释

迎迓（yà）：迎接。

5- 考点　情感分析

六个“希冀”反复提及，强调了诗人对自由的渴望，而正是这种渴望，这种对广袤世界的向往，给诗人带来了无尽的力量。

太阳[1]

内容速览

本诗先描绘了太阳到来时的恢宏气势；再写太阳到来之后的巨大影响 —— 在光明降临之时，新时代也将到来；最后写自己在太阳来了之后的心情 —— 要去追求未来的真实的光明。

阅读指南

- **诗歌阅读属性：**【细读】
- **阅读方法落实：**【如何读诗】朗读诗歌，感受铿锵有力的节奏感。品味诗歌通过精练的语言所展现出来的气势。分析“太阳”这个重点意象的内涵。
- **核心内容感知：**【品味情思】对未来的向往，对光明的追求。

诗歌图解

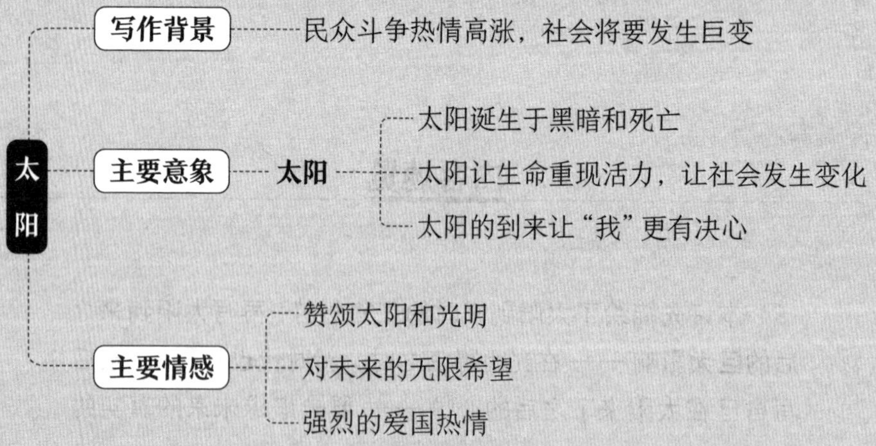

原文阅读

从远古的**墓茔**[2]
从黑暗的年代
从人类死亡之流的那边
震惊沉睡的山脉
若火轮飞旋于沙丘之上
太阳向我滚来……[3]

它以难遮掩的光芒
使生命呼吸
使高树繁枝向它舞蹈
使河流带着狂歌奔向它去

当它来时，我听见
冬蛰[4]的虫蛹转动于地下
群众在旷场上高声说话
城市从远方
用电力与钢铁召唤它

于是我的心胸
被火焰之手撕开
陈腐的灵魂
搁弃在河畔
我乃有对于人类再生之确信

一九三七年春

老师有话说

1- 拓展知识

1937年的春天，正是中国社会即将迎来大变革的时期。诗人怀着希望，预感到光明即将来临，写下了这首诗。

2- 字词解释

墓茔（yíng）：墓地。

3- 考点　意象

太阳跨过“墓茔”“黑暗”“死亡”滚滚而来，预示着无论经历过怎样的苦难，充满光明的新时代都势不可当，必然到来。

4- 字词解释

冬蛰（zhé）：冬眠。

【如何读诗】

诗人从自身出发，直抒胸臆，“撕”字体现出“火焰之手”的力度和无可抵挡的气势，诗人的灵魂为之一新。通过自身的体验，他更预感到时代的脉搏，“确信”二字展现了诗人对于人民必将获得解放、光明必将到来的信念。

煤的对话

——A—Y.R.[1]

内容速览

本诗将“煤”拟人化，通篇采用对话的方式，在一问一答中展现了中华民族不甘屈辱、自强不息的内在精神。

① A—Y.R.：给又然。

阅读指南

- **诗歌阅读属性：**【细读】
- **阅读方法落实：**【如何读诗】朗读诗歌，感受艾青诗歌的“散文美”。从简单而又精练的语言中体会本诗深邃的内涵。思考“煤”这个意象的内涵。
- **核心内容感知：**【品味情思】品味诗中展现的中华民族自强不息的精神。

诗歌图解

- **煤的对话**
  - **写作背景**：1937年，中华民族处于危急存亡的关头
  - **主要意象**：**煤**
    - 历尽沧桑，有厚重的过往
    - 虽然沉默，但并未死亡
    - 渴望在火中重生
  - **主要情感**
    - 展现中华民族自强不息的精神
    - 呼唤民众奋起斗争反抗

原文阅读

你住在哪里？

我住在万年的深山里
我住在万年的岩石里

你的年纪——

我的年纪比山的更大
比岩石的更大

你从什么时候沉默的？

从恐龙统治了森林的年代
从地壳第一次震动的年代

你已死在过深的怨愤里了么？

死？不，不，我还活着——
请给我以火，给我以火！[1]

一九三七年春

老师有话说

【如何读诗】

诗人以问句开启全篇，整首诗都采用了极其平易的一问一答的方式。这些诗句像口语一样朴素自然，不加雕琢，这种语言形式和诗歌所描写的对象——煤的内在特征是一致的。

1- 考点　意象分析

“煤”是中华民族的象征。它久埋地下，正如中华民族的历史悠久和饱受压迫；它表面上看已没有生命力，但一遇到火便能熊熊燃烧，正如中华民族虽然沉默但始终顽强不屈，只要有精神的火种，便能重获新生，在压迫中奋起反抗。

春

内容速览

本诗是为纪念被国民党反动派杀害的左联五烈士而写的。诗题为“春”，始终围绕着“桃花”展开，通过联想将“血迹”“桃花”和“春天”巧妙地联系起来。诗歌表达了对反动派的憎恨、对烈士的缅怀与崇敬，并传达出这样一种信念：烈士的鲜血不会白流，春天必然会到来。

阅读指南

- **诗歌阅读属性：**【细读】
- **阅读方法落实：**【如何读诗】在复沓中感受诗歌的节奏美，体会诗人不断拔高的情感。重点品味“桃花”“春天”等意象。
- **核心内容感知：**【品味情思】对反动派的愤恨，对烈士的崇敬。

诗歌图解

春

- **写作背景**：左联五烈士（柔石、殷夫、胡也频、李伟森、冯铿五位年轻的革命者、作家、诗人）被国民党反动派杀害
- **主要意象**
  - **桃花**：春天与光明的象征，是由烈士们的鲜血孕育出来的
  - **春天**
    - 五烈士牺牲是在春天
    - 春天终会到来
  - **夜**：残酷的环境、残忍的谋杀的具象化
- **主要情感**
  - 对国民党反动派的愤怒
  - 对烈士的崇敬与哀思
  - 对未来的坚定信念

原文阅读

春天了
龙华的桃花开了
在那些夜间开了
在那些血斑点点的夜间
那些夜是没有星光的
那些夜是刮着风的
那些夜听着寡妇的咽泣
而这古老的土地呀
随时都像一只饥渴的野兽
舐吮着年轻人的血液
顽强的人之子的血液
于是经过了悠长的冬日
经过了冰雪的季节
经过了无限困乏的期待
这些血迹，斑斑的血迹
在神话般的夜里
在东方的深黑的夜里
爆开了无数的蓓蕾
点缀得江南处处是春了
人问：春从何处来？
我说：来自郊外的墓窟。[1]

一九三七年四月

老师有话说

【如何读诗】

“桃花”既是实指，也是春天的象征，是充满光明和希望的新社会的象征。

【如何读诗】

诗人开篇写桃花在春天开放，接着笔锋一转写到了“夜”，“血斑点点的”“没有星光的”“刮着风的”“寡妇的咽泣”，无一不昭示着夜的黑暗、残忍，而这夜，正是残害烈士们的反动派的化身，诗人的愤怒在字里行间显露出来。

1- 考点 思想内涵

这句话点明了本首诗的内涵，春从墓窟而来，意味着胜利和光明是建立在无数烈士流血牺牲的基础上的。

笑[1]

内容速览

本诗展现了革命者所受的苦难，吟咏了革命者伟大的抗争，是献给革命者的一首战歌和颂歌。

阅读指南

- **诗歌阅读属性：**【细读】
- **阅读方法落实：**【如何读诗】朗读诗歌，感受诗人通过呼告、感叹传达的力量。重点把握“笑”和“泪珠”这两个意象的内涵。
- **核心内容感知：**【品味情思】对革命者的讴歌。

诗歌图解

- 笑
  - **写作背景**——七七事变前期，民族危机严重
  - **主要意象**——**泪珠**——象征着革命者们所受的苦难
  - **主要情感**——讴歌革命精神，赞颂革命者

原文阅读

我不相信考古学家——

在几千年之后，
在无人迹的海滨，
在曾是繁华过的废墟上
拾得一根枯骨
——我的枯骨时，
他岂能知道这根枯骨
是曾经了二十世纪的烈焰燃烧过的？

又有谁能在地层里
寻得
那些受尽了磨难的
牺牲者的泪珠呢？
那些泪珠
曾被封禁于千重的**铁栅**[2]，
却只有一枚钥匙
可以打开那些铁栅的门，
而去夺取那钥匙的无数大勇
却都倒毙在
守卫者的刀枪下了

如能捡得那样的一颗泪珠
藏之枕畔
当比那捞自万丈的海底之贝珠
更晶莹，更晶莹
而彻照万古啊！

老师有话说

1-拓展知识

1937年，民族危机空前严重，诗人敏锐地感受到，要呼唤一种巨大的力量投入斗争才能拯救国家。

【如何读诗】

诗人开篇不写眼前，而是把目光放到几千年后，以来自未来的独特视角叙事，十分新颖。

2-字词解释

铁栅（zhà）：用铁条做成的篱笆。

【如何读诗】

这一部分用异常浓重的笔墨刻画了“泪珠”，这曾被封禁于铁栅的泪珠，是革命者们不屈不挠、艰苦奋斗、甘愿牺牲的可贵精神的象征。

我们岂不是
都在自己的年代里
被钉上了十字架么?
而这十字架
决不比拿撒勒人所钉的
较少痛苦。

敌人的手
给我们戴上荆棘的冠冕
从刺破了的惨白的前额
淋下的深红的血点,
也不曾写尽
我们胸中所有的悲愤啊!
诚然
我们不应该有什么奢望,
却只愿有一天
人们想起我们,
像想起远古的那些
和巨兽搏斗过来的祖先,
脸上会浮上一片
安谧而又舒展的笑 ——
虽然那是太轻松了,
但我却甘愿
为那笑而捐躯! 3

一九三七年五月八日

3- 考点 情感分析

诗题为“笑”,而一直到诗歌的结尾才写到“笑”,正说明了这“笑”的来之不易,它是革命者们用血泪换来的。而诗人甘愿为笑而捐躯,更是表达了自己的牺牲精神。

黎明

内容速览

本诗通过写黎明到来的景象，表达了对于黎明的喜爱和讴歌，展现了对于光明的向往。

阅读指南

- **诗歌阅读属性：**【细读】
- **阅读方法落实：**【如何读诗】朗读诗歌，感受诗人使用第一人称和第二人称带来的亲切感。品味诗歌语言不加修饰与雕琢的自然美。重点把握“黎明”与“黑夜”这两个意象的内涵。
- **核心内容感知：**【品味情思】对光明的期盼。

诗歌图解

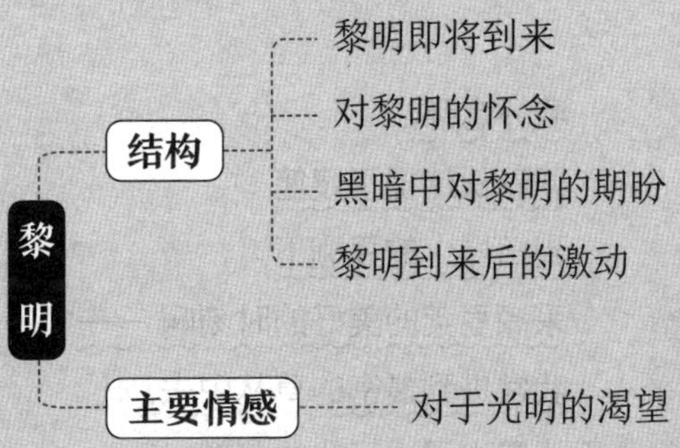

老师有话说

【如何读诗】

“鸟鸣”“车声”“汽笛”都在暗示黎明的到来，而诗人从“我”写起，将黎明称为“你”，赋予其人的情态，这种亲切的语调更展现了“我”对黎明深挚的怀念与期盼。

1- 字词解释

门扉（fēi）：门扇。

原文阅读

当我还不曾起身
两眼闭着
听见了鸟鸣
听见了车声的隆隆
听见了汽笛的嘶叫
我知道
你又叩开白日的**门扉**[1]了……

黎明，
为了你的到来
我愿站在山坡上，
像欢迎
从田野那边疾奔而来的少女，
向你张开两臂——
因为你，
你有她的纯真的微笑，
和那使我迷恋的草野的清芬。

我怀念那：
同着伙伴提了篾篮
到田堤上的豆棚下
采撷豆荚的美好的时刻啊——
我常进到最密的草丛中去，
让露水浸透了我的草鞋，
泥浆也溅满我的裤管，
这是自然给我的抚慰，
我将狂欢而跳跃……

我也记起
在远方的城市里
在浓雾蒙住建筑物的每个早晨，
我常爱在街上无目的地奔走，
为的是
你带给我以自由的愉悦，
和工作的热情。[2]

但我却不愿
看见你罩上忧愁的面纱 ——
因我不能到田间去了，
也不能在街上奔跑 ——
一切都沉默着，
望着阴郁的雨滴徘徊在我的窗前
我会联想到：死亡，战争，
和人间一切的不幸 ……

黎明啊，
要是你知道我曾对你
有比对自己的恋人
更不敢**拂逆**[3]和迫切的期待啊 ——

当我在那些苦难的日子，
悠长的黑夜
把我抛弃在失眠的卧榻上时，
我只会可怜地凝视着东方，
用手按住温热的胸膛里的急迫的心跳
等待着你 ——

2- 考点 情感分析

和同伴在大自然采撷豆荚，早晨在街上带着自由的愉悦和工作的热情奔走 —— 黎明带给“我”的回忆均是快乐美好的，这更展现了诗人对于黎明的喜爱。

3- 字词解释

拂逆：违背，违反。

我永远以坚苦的耐心，
希望在铁黑的天与地之间
会裂出一丝白线——
纵使你像故意折磨我似的延迟着，
我永不会绝望，
却只以燃烧着痛苦的嘴
问向东方：
“黎明怎不到来？”

而当我看见了你
披着火焰的外衣，
从天边来到阴暗的窗口时啊——
我像久已为饥渴哭泣得疲乏了的婴孩，
看见母亲为他解开裹住乳房的衣襟[4]
泪眼迸出微笑，
心儿感激着，
我将带着呼唤
带着歌唱
投奔到你**温煦**[5]的怀里。

一九三七年五月二十三日晨

【如何读诗】

这里的“黎明”既是实指，也有象征意义。黎明的到来也就意味着光明的到来，在困苦的日子里，在漫长的黑暗里，“我永不会绝望”，只因心中坚信，光明的日子就在前方，黎明终会到来。

4- 考点 情感分析

此处运用了比喻的修辞手法，生动地传达出“我”对黎明的期盼和依恋，以及黎明终于到来时“我”内心的欢喜、满足和真切的感激。

5- 字词解释

温煦（xù）：暖和，温和亲切。

复活的土地[1]

内容速览

本诗作于卢沟桥事变前一天。诗歌描绘了春天到来后大地上万物复苏的景象，在描绘自然风光的同时，又处处传达出诗人对当时社会风向的观察与感受，预示着土地的复活和民族的觉醒。

阅读指南

- **诗歌阅读属性：**【细读】
- **阅读方法落实：**【如何读诗】品味本诗用语中的平静和庄重之感。重点把握“繁花”“茂草”“百鸟”“播种者”“大地”“战斗者”等意象。
- **核心内容感知：**【品味情思】对时代气息的敏锐感知，对土地复活和民族觉醒的喜悦之情。

诗歌图解

复活的土地

- **写作背景**——抗日战争爆发前夕，人民抗争情绪高涨
- **主要意象**
  - **春天、繁花、茂草、百鸟**——国家将迎来新生
  - **播种者**——广大人民
  - **大地**——祖国，民族精神
  - **战斗者**——为了民族复兴而奋勇抗争的人
- **思想情感**
  - 对战争和民族觉醒的预感
  - 对中华民族振作复兴的渴盼
  - 强烈的爱国热情

原文阅读

腐朽的日子
早已沉到河底，
让流水冲洗得
快要不留痕迹了；

河岸上
春天的脚步所经过的地方，
到处是繁花与茂草；
而从那边的丛林里
也传出了
忠心于季节的百鸟之
高亢的歌唱。

播种者呵
是应该播种的时候了，
为了我们肯辛勤地劳作
大地将孕育
金色的颗粒。

就在此刻，
你 —— 悲哀的诗人呀，
也应该拂去往日的忧郁，
让希望苏醒在你自己的
久久负伤着的心里：[2]

因为，我们的曾经死了的大地，
在明朗的天空下

老师有话说

1- 拓展知识

1937年7月6日，艾青在沪杭路车厢里写下这首诗，诗中有一种战争的预感。诗写成的第二天，卢沟桥事变爆发，诗人的预感成真了。这种预感不是未卜先知，而是某些因素和迹象刺激了诗人的产物。

【如何读诗】

“繁花”“茂草”“百鸟”等意象构成了一片欣欣向荣的景象，这不仅是真实的原野风光，也具有强烈的象征色彩，暗示着中华民族终将走过黑暗，走过“腐朽的日子”，迎来重生。

2- 考点 情感分析

“悲哀的诗人”即诗人自己，他受到了启迪和鼓舞，勉励自己要摆脱忧郁，心存希望。

已复活了！
—— 苦难也已成为记忆，
在它温热的胸膛里
重新**漩流**[3]着的
将是战斗者的血液。[4]

一九三七年七月六日　沪杭路上

3- 字词解释

漩（xuán）流：循环流动。

4- 考点 情感分析

希望的降临让诗人内心难以平静，他的胸膛已被爱国之火点燃。“战斗者”是诗人自己，也是每一个为了民族命运而抗争的人。

他起来了

内容速览

这首诗塑造了一个准备进入生死搏斗的民族巨人的形象，全诗充满了激情和热血。

阅读指南

- **诗歌阅读属性：**【细读】
- **阅读方法落实：**【如何读诗】品味本诗语言的庄严和凝重。
- **核心内容感知：**【品味情思】奋起抗争的坚定信念。

诗歌图解

他起来了

- **写作背景**——卢沟桥事变后，群情激奋，人民同仇敌忾，爆发出强大的决心和生命力
- **主要情感**——中华民族反抗的精神和决心

原文阅读

他起来了 ——
从几十年的屈辱里[1]
从敌人为他掘好的深坑旁边

他的额上淋着血
他的胸上也淋着血
但他却笑着
—— 他从来不曾如此地笑过

他笑着
两眼前望且闪光
像在寻找
那给他倒地的一击的敌人

他起来了
他起来
将比一切兽类更勇猛
又比一切人类更聪明

因为他必须如此
因为他
　　必须从敌人的死亡
夺回来自己的生存

一九三七年十月十二日　杭州

老师有话说

1- 考点　情感分析

几十年来，中华民族深陷内忧外患之中，百姓受尽苦难和屈辱，在这种情境下，“他起来了”，充满艰难但顽强不屈，显示出中华儿女的血性，以及中国将要与侵略者对抗到底的坚定决心。

【如何读诗】

“必须”二字展现出局势已经刻不容缓，面对侵略，只有反抗斗争，才能夺回生存空间，这是诗人对反侵略战争必胜的决心的体现，也是他作为一名战士的无畏宣言。

雪落在中国的土地上[1]

内容速览

本诗通过对大雪之中赶着马车的农夫、蓬发垢面的少妇、年老的母亲等形象的刻画，展现了广大中国民众在战争中挣扎求生的艰难处境，表达了诗人对祖国和人民命运的深切关怀。

阅读指南

- **诗歌阅读属性：**【细读】
- **阅读方法落实：**【如何读诗】朗读诗歌，感受艾青诗歌的“散文美”。寻找诗中所运用的修辞手法、表现手法等，感受艾青精练、新颖别致的语言。勾画本诗中的主要意象，并思考其内涵。
- **核心内容感知：**【品味情思】对国家前途的担忧，对人民命运的关怀。

诗歌图解

雪落在中国的土地上

- **写作背景**
  - 艾青来到武汉，此时正是民族存亡的危急关头，武汉的气氛和当权者的行为却令人失望
- **主要画面**
  - 冒雪的马夫
  - 蓬头垢面的少妇
  - 蜷伏在不是自己家里的老母
  - 饥馑的大地，乞援的农民
- **主要情感**
  - 哀婉百姓所受的苦痛与灾难
  - 担忧祖国的命运前途
  - 深厚的爱国热情

原文阅读

雪落在中国的土地上，
寒冷在封锁着中国呀……[2]

风，
像一个太悲哀了的老妇，
紧紧地跟随着
伸出寒冷的指爪
拉扯着行人的衣襟，
用着像土地一样古老的话
一刻也不停地**絮聒**[3]着……

那从林间出现的，
赶着马车的
你中国的农夫
戴着皮帽
冒着大雪
你要到哪儿去呢？

告诉你
我也是农人的后裔——
由于你们的
刻满了痛苦的皱纹的脸
我能如此深深地
知道了
生活在草原上的人们的
岁月的艰辛。

老师有话说

1- 拓展知识

1937年七七事变后不久，艾青离开杭州，来到当时的抗战中心武汉。战争到了危险的时候，人民的处境十分艰难，国民党内的投降派却又在主张和谈。在12月28日的晚上，看着欲雪未雪的天色，艾青怀着悲哀的心情写下了这首诗。

2- 考点 语段作用

这两句在诗中反复出现，是诗歌的情感线索，也是全诗结构的骨架，由此引出后文多个场景的描写。

【考题链接3】

画线句有什么作用？
——答案见第77页

3- 字词解释

絮聒（xù guō）：唠叨不休。

而我
也并不比你们快乐啊
—— 躺在时间的河流上
苦难的浪涛
曾经几次把我吞没而又卷起 ——
流浪与监禁
已失去了我的青春的
最可贵的日子,
我的生命
也像你们的生命
一样的憔悴呀

雪落在中国的土地上,
寒冷在封锁着中国呀 ……

沿着雪夜的河流,
一盏小油灯在徐缓地移行,
那破烂的乌篷船里
映着灯光, 垂着头
坐着的是谁呀?

—— 啊, 你
蓬发垢面[4]的少妇,
是不是
你的家
—— 那幸福与温暖的巢穴 ——
已被暴戾的敌人
烧毁了么?

【如何读诗】

雪夜之中, "蓬发垢面的少妇" 孤身坐在 "破烂的乌篷船" 里, 沿着河流 "徐缓地移行", 陪伴她的只有 "一盏小油灯"。这几个意象格外凄清悲凉, 鲜明地描绘出战乱中女子漂泊无依、流离失所的孤苦。

4- 字词解释

蓬发垢面: 形容头发很乱, 脸上很脏的样子。

是不是
也像这样的夜间，
失去了男人的保护，
在死亡的恐怖里
你已经受尽敌人刺刀的戏弄？

咳，就在如此寒冷的今夜，
无数的
我们的年老的母亲，
都**蜷伏**[5]在不是自己的家里，
就像异邦人
不知明天的车轮
要滚上怎样的路程……
——而且
中国的路
是如此的崎岖
是如此的泥泞呀。[6]

雪落在中国的土地上，
寒冷在封锁着中国呀……

透过雪夜的草原
那些被烽火所啮啃着的地域，
无数的，土地的垦殖者
失去了他们所饲养的家畜
失去了他们肥沃的田地
拥挤在
生活的绝望的污巷里：[7]

5- 字词解释

蜷（quán）伏：弯着身体卧着。

6- 考点 情感分析

“崎岖”和“泥泞”既指现实生活中的道路难行，也指国家民族正在经历苦难，前途未卜。这三行诗明白如话，蕴含着深沉的悲哀，表达了诗人对祖国命运的担忧。

7- 考点 情感分析

漫天大雪下，整个中国土地上，还有无数个“绝望的污巷”，农民们被剥削，无尽的苦痛与灾难下，农民是绝望的。诗人为此感到无限忧虑。

饥馑的大地
朝向阴暗的天
伸出乞援的
颤抖着的两臂。

中国的苦痛与灾难
像这雪夜一样广阔而又漫长呀！

雪落在中国的土地上
寒冷在封锁着中国呀……

中国
我的在没有灯光的晚上
所写的无力的诗句
能给你些许的温暖么？

一九三七年十二月二十八日夜间

风陵渡

内容速览

这首诗描写了风陵渡的景象，展现了黄河风浪的险恶，也表现了诗人对到达河对岸这一目标的坚定。

阅读指南

- **诗歌阅读属性：**【细读】
- **阅读方法落实：**【如何读诗】朗读诗歌，感受本诗的简洁凝练。品味本诗朴素雄浑的语言风格。把握“泥沙”“浪”“渡船”“潼关”等意象背后的内涵。
- **核心内容感知：**【品味情思】对光明坚定的追求。

诗歌图解

风陵渡

- **写作背景**：风陵渡是黄河上的重要渡口，位于陕西、山西、河南三省交界的黄河大拐弯处。1938年初，艾青在此渡河前往潼关
- **主要意象**：
  - **古旧的渡船、布帆** —— 艰难前行、抗争的中国
  - **阻挡视线的泥沙、险恶的风浪** —— 斗争途中的阻碍
- **主要情感**：
  - 勇于斗争，绝不妥协
  - 对光明和胜利的坚定信心

原文阅读

风吹着黄土层上的黄色的泥沙
风吹着黄河的污浊的水
风吹着无数的古旧的渡船
风吹着无数渡船上的古旧的布帆[1]

黄色的泥沙
使我们看不见远方
黄河的水
激起险恶的浪
古旧的渡船
载着我们的命运
古旧的布帆
突破了风，要把我们
带到彼岸
风陵渡是险恶的
黄河的浪是险恶的
听呵
那野性的叫喊
它没有一刻不想扯碎我们的渡船
和鲸吞我们的生命
而那**潼关**[2]啊
潼关在黄河的彼岸
它庄严地
守卫着祖国的平安。

一九三八年初　风陵渡

老师有话说

1- 考点　修辞手法

开篇以排比句起笔，连续四个“风吹着”为我们描绘了诗人渡河的场景。那“泥沙”“污浊的水”“古旧的渡船”“古旧的布帆”渲染出一种暗淡、昏黄的景象，如在目前。

【如何读诗】

在渡河途中，总有“黄色的泥沙”遮蔽视线，总有险恶的风浪妄图阻止前行的帆。此时的中国正如风口浪尖上那艘小小的渡船，一不留神就会被浪涛吞噬。

2- 拓展知识

潼关：关中平原的东大门，其地理位置具有战略意义。抗日战争中，潼关一直是战争的前沿，顶住了一次又一次的轰炸，庄严、坚定地守卫着祖国的平安。

北方

内容速览

本诗既悲叹了北方的贫瘠落后以及战争给北方民众带来的苦难，又讴歌了中国民众自古具有的不屈的生存意志和保家卫国的决心，具有浓郁的爱国主义情怀。

阅读指南

- **诗歌阅读属性：**【细读】
- **阅读方法落实：**【如何读诗】朗读诗歌，感受本诗沉重、徐缓的节奏。把握本诗中“沙漠风”“孤单的行人”“雁群”等意象。
- **核心内容感知：**【品味情思】对人们遭受苦难的同情，对祖国处境的忧虑。

诗歌图解

北方

- **写作背景**：1938年初，艾青从武汉去山西，路经潼关，在路上目睹了战争给北方的土地和人民带来的苦难
- **结构**
  - 写诗的起因
  - 荒凉贫瘠的北方景象
  - 对国土的赞颂，必胜的信念
- **主要意象**：沙漠风、荒漠的原野、颓垣与荒冢、孤单的行人、有悲哀的眼和疲乏的耳朵的驴子、枯干的小河、枯死的林木、低矮的住房、惶乱的雁群 —— **无穷无尽的灾难和不幸**
- **主要情感**
  - 悲叹北方的贫瘠落后以及战争给北方民众带来的苦难
  - 讴歌北国民众自古具有的不屈的生存意志和保家卫国的决心

原文阅读

一天

那个科尔沁草原上的诗人[1]

对我说：

“北方是悲哀的。”[2]

不错

北方是悲哀的。

从塞外吹来的

沙漠风，

已卷去北方的生命的绿色

与时日的光辉

——一片暗淡的灰黄

蒙上一层揭不开的沙雾；

那天边疾奔而至的呼啸

带来了恐怖

疯狂地

扫荡过大地；

荒漠的原野

冻结在十二月的寒风里，

村庄呀，山坡呀，河岸呀，

颓垣[3]与**荒冢**[4]呀

都披上了土色的忧郁……

孤单的行人，

上身俯前

用手遮住了脸颊，

在风沙里

老师有话说

1- 拓展知识

那个科尔沁草原上的诗人：指作家端木蕻良（1912—1996）。1938年1月27日，艾青同端木蕻良等人一起坐火车去山西临汾，在车上，他同艾青说了“北方是悲哀的”这句话，给了艾青写作的启发。

2- 考点　情感分析

一句“北方是悲哀的”，奠定了全诗忧郁深沉的感情基调，诗人也以这一句为起点，描绘了北方大地上各式各样的“悲哀”。

3- 字词解释

颓垣（tuí yuán）：倒塌的墙。

4- 字词解释

荒冢（zhǒng）：荒芜的坟墓。

困苦地呼吸
一步一步地
挣扎着前进……
几只驴子
——那有悲哀的眼
　　和疲乏的耳朵的畜生，
载负了土地的
痛苦的重压，
它们厌倦的脚步
徐缓地踏过
北国的
修长而又寂寞的道路……

那些小河早已枯干了
河底也已画满了车辙，
北方的土地和人民
在渴求着
那滋润生命的流泉啊！
枯死的林木
与低矮的住房
稀疏地，阴郁地
散布在灰暗的天幕下；
天上，
看不见太阳，
只有那结成大队的雁群
惶乱的雁群
击着黑色的翅膀
叫出它们的不安与悲苦，

【如何读诗】

“看不见太阳”说明世界是灰暗的，正如当时的中国的形势；雁群是惶乱的，正如在乱世中终日担惊受怕的人们，战火在北方蔓延，人民只能和雁群一样颠沛流离，居无定所。

从这荒凉的地域逃亡
逃亡到
绿荫蔽天的南方去了……

北方是悲哀的
而万里的黄河
汹涌着混浊的波涛
给广大的北方
倾泻着灾难与不幸；
而年代的风霜
刻划着
广大的北方的
贫穷与饥饿啊。5

而我
——这来自南方的旅客，
却爱这悲哀的北国啊。
扑面的风沙
与入骨的冷气
决不曾使我咒诅；
我爱这悲哀的国土，6
一片无垠的荒漠
也引起了我的崇敬
——我看见
我们的祖先
带领了羊群
吹着笳笛
沉浸在这大漠的黄昏里；

5-考点 情感分析

这一部分是对前面北方的“悲哀”的总结，前面用“颓垣与荒冢”“孤单的行人”“枯干的小河”“枯死的林木”等意象描绘出北方乡村荒凉萧瑟的景象，这里总结道——北方处处是灾难和不幸，人民长期处于贫穷和饥饿中，而这也是整个中华民族所正在承受的，诗人感到深重的悲哀。

6-考点 表达效果

北方的国土虽然伤痕累累，“我”却对其爱得深沉，诗人将“我爱这悲哀的国土”重复了三次，更强调了感情之深厚。虽然此时灾难和不幸让这片国土尽显衰败，但这并没有让诗人感到颓丧，在他心中，这里有古老的历史，传承着祖祖辈辈不屈的精神。“我”爱这片国土，相信这片国土上的“言语与姿态”“永远不会灭亡”。

【考题链接4】

请赏析“我爱这悲哀的国土”一句的表达效果。

——答案见第78页

我们踏着的
古老的松软的黄土层里
埋有我们祖先的骸骨啊，
—— 这土地是他们所开垦
几千年了
他们曾在这里
和带给他们以打击的自然相搏斗
他们为保卫土地，
从不曾屈辱过一次，
他们死了
把土地遗留给我们 ——
我爱这悲哀的国土，
它的广大而瘦瘠的土地
带给我们以淳朴的言语
与宽阔的姿态，
我相信这言语与姿态，
坚强地生活在大地上
永远不会灭亡；
我爱这悲哀的国土，
　　古老的国土
—— 这国土
养育了为我所爱的
世界上最艰苦
与最古老的种族。

一九三八年二月四日　潼关

阅读思考 ?

基础测评

❶ 艾青，原名______________，中国现代诗人，成名作《________________》，发表于1934年，这首诗奠定了他诗歌的基本艺术特征和他在现代文学史上的重要地位。

❷ “咳，就在如此寒冷的今夜，/ 无数的 / 我们的年老的母亲，/ 都蜷伏在不是自己的家里，就像异邦人 / 不知明天的车轮 / 要滚上怎样的路程 ……/—— 而且 / 中国的路 / 是如此的崎岖 / 是如此的泥泞呀。”出自艾青的《____________________》。

❸ “它以难遮掩的光芒 / 使生命呼吸 / 使高树繁枝向它舞蹈 / 使河流带着狂歌奔向它去 / 当它来时，我听见 / 冬蛰的虫蛹转动于地下 / 群众在旷场上高声说话 / 城市从远方 / 用电力与钢铁召唤它”这里的“它”指的是__________________。本诗蕴含着诗人艾青对__________________的向往和追求。

❹ **根据你对艾青诗歌的了解，选出不是评论艾青诗歌的一项（　　）**

A. 这是一首长诗，用沉郁的笔调细写了乳娘兼女佣（“大堰河”）的生活痛苦 …… 我不能不喜欢《大堰河》。—— 茅盾

B. 归真返璞，我爱好他的朴素、平实，爱读他那用平凡的语言，自由的格式，不事雕琢地写出的激动人心的诗篇。—— 唐弢

C.（他的诗）把我们从怀疑、贪婪的罪恶的世界，带到秀嫩天真的儿童的新月之国里去 …… 它能使我们在心里重温着在海滨以贝壳为餐具，以落叶为舟，以绿草上的露点为圆珠的儿童的梦。—— 郑振铎

D. 在国难当头的年代，诗人歌唱“土地”具有格外动人的力量，而诗人那种不断转折和强化的抒情方式，当然也是和充满险阻坎坷的时代相吻合的。—— 孙光萱

专题探究

“忧郁”是构成艾青诗歌艺术特性的基本要素之一。请结合所读诗歌内容和艾青的生平，分析这种“忧郁”从何而来。

参考答案

老师有话说

【考题链接1】

【答案】写了“雪”“草盖的坟墓”“枯死的瓦菲”“被典押了的一丈平方的园地”“长了青苔的石椅”等意象。这些意象一派萧索、凋敝的气息，透露出“我”对于大堰河的哀悼与思念之情。

【解析】本题考查诗歌的意象及其作用。解答这类题，要注意分析意象的特点及其包含的情感因素。

【考题链接2】

【答案】“保姆大堰河”的形象：勤劳、宽厚、善良的穷苦农村妇女，对“乳儿”有真挚的爱，有美丽的心灵；她是旧中国千千万万普通农妇的化身。

情感：诗人在诗中抒发了对“保姆大堰河”深深的挚爱和无尽的怀念之情。

【解析】本题考查人物形象分析及对诗人情感的把握。从诗歌开头大堰河卑微得连自己的姓名都没有和“她是童养媳”等语句可以看出，大堰河是一名出身贫寒、生活穷苦的农村妇女。接着描写“我”寄养在大堰河家里的情景，通过“在你……”和“她含着笑……”的排比句，以质朴的语言铺叙了大堰河任劳任怨地完成繁重的家务劳作的同时，还细心照料着“我”，给“我”温暖和疼爱，展现出一个勤劳质朴、善良温柔的女性形象。“我”对大堰河深深的爱与思念就在这字字句句的描写和抒情中自然地喷涌出来。

【考题链接3】

【答案】画线句是诗歌的情感线索，奠定了全诗悲凉压抑的感情基调；这两句话在全诗多次出现，反复回响，串联起了对战争中人民遭遇的种种苦难的描写，是全诗结构的骨架。

【解析】本题考查关键语段作用。需要从内容、结构和表达效果等角度进行分析。画线句是全诗的骨架，串联了雪中的多个画面。这两句也是诗歌的情感线索，使悲凉压抑的情感贯穿全诗。通读全诗，这两句多次出现，这种反复的咏叹再次加深了情感。

【考题链接4】

【答案】此句运用了反复的修辞手法，这句直白的呼告在诗中多次出现，将情感推向高潮，给人以沉郁苍凉之感。

【解析】本题考查鉴赏诗句的表达效果。诗中“我爱这悲哀的国土”多次出现，使用了反复的修辞手法，这句话放在诗歌的后面部分反复吟咏，抒发了诗人对饱经磨难的北方大地的热爱和难以割舍的情感，令人动容。

阅读思考

基础测评

1．蒋正涵　大堰河——我的保姆

2．雪落在中国的土地上

3．太阳　光明或未来

4．C

专题探究

【示例】艾青的忧郁主要源于特殊的时代。抗日战争前后，艾青在各地辗转，看到了广大穷苦百姓的苦难生活和不幸命运，中国革命长期性艰苦性的认识与体验使得永远与人民站在一边的艾青感到无限忧郁。另外，艾青的忧郁也来源于他的自身经历。艾青曾赴法留学，他在法国受到了西方象征派、印象派的影响，感受到了“飘泊的情愫”。回国后，艾青被捕入狱三年，受尽折磨与威胁，这让他的诗歌语言总是透露着沉重。艾青的忧郁，蕴含着对祖国、对人民深沉的爱，也蕴含着对于个人经历的感叹和对生活的思索，在他的忧郁里，能感受到对光明的渴求和坚定的信念。

艾青诗选

艾青
著

王晓
编选

2

人民文学出版社

目录

本册导读

本册基本信息

本册是整本书的第二分册，因为个人的经历，艾青的视野扩大了，开始挖掘更多新颖的主题。本册的诗歌中，仍有很多表达了对多灾多难的祖国和处境艰难的同胞的深切关怀，充满忧郁而深沉的格调。但诗人不是消极的，在苦难当中，他对光明的认识逐步深化，他手举火把，吹响号角，迎接黎明和太阳的到来。

阅读计划自检

开始阅读时间

______ 年 ______ 月 ______ 日

实际结束时间

______ 年 ______ 月 ______ 日

阅读所用时长
（建议时长：1 周）

_____ 天

阅读感受

- ⬚ 轻轻松松读完，无压力，意犹未尽
- ⬚ 能在建议时长内读完，并且读懂了
- ⬚ 稍有些拖沓，理解起来不是很顺利
- ⬚ 时间太短了，没有读完而且没看懂

扫码听名师说书

向太阳[1]

内容速览

这首诗由前后呼应的九个章节组成，是艾青在20世纪30年代写的最长的一首诗。这首诗从“我”的视角出发，展现了抗战时期民族觉醒的斗争热情，抒发了诗人的爱国情怀。

阅读指南

✦ **诗歌阅读属性：**【细读】

✦ **阅读方法落实：**【如何读诗】朗读诗歌，感受诗歌是如何以第一人称的视角展现不同的场景和人物，将九个不同的章节有机联系起来的。感受诗歌的语言中所体现出来的诗人的高度热情。感受艾青诗歌中最经典的意象之一——“太阳”。体会诗人是如何从一个饱经忧患的知识分子的角度，预言抗日战争给民族带来的新生。

✦ **核心内容感知：**【品味情思】对光明、未来的追求和信心。

诗歌图解

- **向太阳**
  - **写作背景**：抗日民族解放战争进行中，民众觉醒，斗争热情高涨
  - **主要意象**：**太阳**
    - 中华民族觉醒，中国人民新生
    - 对于光明和未来的期盼和追求
  - **主要情感**
    - 赞颂抗日民族解放战争，赞颂人民的斗争热情
    - 对光明即将到来的信心和不懈追求

原文阅读

从远古的墓茔
从黑暗的年代
从人类死亡之流的那边
震惊沉睡的山脉
若火轮飞旋于沙丘之上
太阳向我滚来……

——引自旧作《太阳》

一、我起来

我起来——
像一只困倦的野兽
受过伤的野兽
从狼藉着败叶的**林薮**[2]
从冰冷的岩石上
挣扎了好久
支撑着上身
睁开眼睛
向天边寻觅……

我——
是一个
从遥远的山地
从未经开垦的山地
到这几千万人
　　用他们的手劳作着
　　用他们的嘴呼嚷着

老师有话说

1-拓展知识

1938年4月，艾青从弥漫战火的北方回到武汉，作为抗日民族解放战争的一个重镇，武汉当时正在进行紧张的保卫战。艾青受到抗日热情的感染，写下了这首诗。

2-字词解释

林薮（sǒu）：山林与水泽，多指草木丛生的地带。

【如何读诗】

从“我”的自述出发，直接与读者交流，让读者能很快进入诗歌的情境。

　用他们的脚走着的城市来的
　　旅客，
我的身上
酸痛的身上
深刻地留着
风雨的昨夜的
长途奔走的疲劳

但
我终于起来了
我打开窗
用囚犯第一次看见光明的眼
看见了黎明
—— 这真实的黎明啊

（远方
似乎传来了群众的歌声）
于是　我想到街上去

二、街　上

早安呵
你站在十字街头
　车辆过去时
　举着白袖子的手的警察
早安呵
你来自城外的
　挑着满箩绿色的菜贩

【如何读诗】

这“长途奔走的疲劳”既是诗人舟车劳顿的真实写照，也象征着他过往的伤痛经历，同时暗含着中华民族在寻求自由和解放的道路上所受到的压迫和侵害。但是，诗人看见了黎明，像“囚犯第一次看见光明”，这一比喻不仅暗合了诗人的经历，而且含蓄地表现出了他内心的激动和欢欣。

早安呵
你打扫着马路的
　穿着红色背心的清道夫
早安呵
你提了篮子，第一个到菜场去的
　棕色皮肤的年轻的主妇
我相信
昨夜
你们决不像我一样
　被不停的风雨所追踪
　被无止的恶梦所纠缠
你们都比我睡得好啊！

【如何读诗】

黎明时分，街上的景象充满希望和朝气，但在这其中却仍然含有沉重的忧伤，因为那些“被不停的风雨所追踪”“被无止的恶梦所纠缠”的苦难，是无法轻易忘却的。在太阳正式来临之前，“我”的心情还无法顿然变得明朗。

三、昨　天

昨天
我在世界上
用可怜的期望
喂养我的日子
像那些未亡人
披着麻缕
用可怜的回忆
喂养她们的日子一样

昨天
我把自己的国土
　当做病院
—— 而我是患了难于医治的病的

没有哪一天
我不是用迟滞的眼睛
看着这国土的
　没有边际的凄惨的生命……
没有哪一天
我不是用呆钝的耳朵
听着这国土的
　没有止息的痛苦的呻吟[3]

昨天
我把自己关在
精神的牢房里
四面是灰色的高墙
没有声音
我沿着高墙
走着又走着
我的灵魂
不论白日和黑夜
永远的唱着
一曲人类命运的悲歌

昨天
我曾狂奔在
阴暗而低沉的天幕下的
没有太阳的原野
到山巅上去
伏倒在紫色的岩石上
流着温热的眼泪

3-考点 情感分析

如果说前面几段诗人还是在委婉地回忆曾经受过的创伤，那这一段则直白地展现了中华民族的悲惨历史。能在这样艰难的境况下觉醒、奋起反抗，在这样的侵略下斗争，无疑是不易的。

哭泣我们的世纪

现在好了

一切都过去了

【如何读诗】

在回顾和总结了过去的种种艰难，将血泪、苦痛全部呈现后，诗人如释重负，可以坦然地说出“现在好了/一切都过去了”，他因重获新生而喜悦。

四、日　出

太阳出来了……

当它来时……

城市从远方

用电力与钢铁召唤它

——引自旧作《太阳》

太阳

从远处的高层建筑

——那些**水门汀**[4]与钢铁所砌成的山

和那成百的烟囱

成千的电线杆子

成万的屋顶

所构成的

密丛的森林里

出来了……

在太平洋

在印度洋

在红海

在地中海

在我最初对世界怀着热望

4- 字词解释

水门汀（tīng）：英语 cement 的音译，即水泥。

而航行于无边蓝色的海水上的少年时代
我都曾看着美丽的日出
但此刻
在我所呼吸的城市
喷发着煤油的气息
柏油的气息
混杂的气息的城市
敞开着金属的胴体
矿石的胴体
电火的胴体的城市
宽阔地
承受黎明的爱抚的城市
我看见日出
比所有的日出更美丽

五、太阳之歌

是的
太阳比一切都美丽
比处女
比含露的花朵
比白雪
比蓝的海水
太阳是金红色的圆体
是发光的圆体
是在扩大着的圆体

惠特曼[5]

【如何读诗】

少年时代看到的日出，代表诗人留学海外时的美好记忆，而现在“我看见日出/比所有的日出更美丽”，因为这是曾遭受过苦难的祖国的日出，是黑暗中的希望，是苦难中的重生。

5- 拓展知识

惠特曼（1819—1892）：美国著名诗人、人文主义者，代表作有《草叶集》等。

从太阳得到启示
用海洋一样开阔的胸襟
写出海洋一样开阔的诗篇

6- 拓展知识

凡谷（1853—1890）：即荷兰画家文森特·威廉·梵高，代表作有《星月夜》、“麦田”系列、“向日葵”系列等。

凡谷[6]
从太阳得到启示
用燃烧的笔
蘸着燃烧的颜色
画着农夫耕犁大地
画着向日葵

邓肯
从太阳得到启示
用崇高的姿态
披示给我们以自然的旋律

7- 字词解释

德谟克拉西：英语democracy的音译，意为民主。

【如何读诗】

诗人毫无保留地赞美太阳，不仅是因为它美丽，它给艺术家带来灵感，更因为太阳蕴含着深沉的启示与内涵：代表着自由、平等、博爱，代表着美好的理想世界，代表着将人民从水深火热中拯救出来的一切。在太阳下的一切，都是充满希望的。

太阳
它更高了
它更亮了
它红得像血

太阳
它使我想起　法兰西　美利坚的革命
想起　博爱　平等　自由
想起　**德谟克拉西**[7]
想起　《马赛曲》《国际歌》
想起　华盛顿　列宁　孙逸仙
　　　和一切把人类从苦难里拯救出来的

人物的名字

是的
太阳是美的
且是永生的

六、太阳照在

初升的太阳
照在我们的头上
照在我们的久久地低垂着
　不曾抬起过的头上
太阳照着我们的城市和村庄
照着我们的久久地住着
　屈服在不正的权力下的城市和村庄
太阳照着我们的田野、河流和山峦
照着我们的从很久以来
　到处都蠕动着痛苦的灵魂的
　田野、河流和山峦……

今天
太阳的炫目的光芒
把我们从绝望的睡眠里刺醒了
也从那遮掩着无限痛苦的迷雾里
刺醒了我们的城市和村庄
也从那隐蔽着无边忧郁的烟雾里
刺醒了我们的田野，河流和山峦
我们仰起了沉重的头颅

【如何读诗】

诗人浓墨重彩地描绘了太阳这一意象，太阳炫目的光芒具有强大的感召力，让一切都苏醒了。在太阳的照耀下，饱受苦难的人民燃起了反抗的热情，决心为希望和光明而斗争。

从濡湿的地面
一致地
向高空呼嚷
“看我们
我们
笑得像太阳！”

七、在太阳下

“看我们
我们
笑得像太阳！”

那边
一个伤兵
支撑着木制的拐杖
沿着长长的墙壁
跨着宽阔的步伐
太阳照在他的脸上
照在他纯朴地笑着的脸上
他一步一步地走着
他不知道我在远处看着他
当他的披着绣有红十字的灰色衣服的
　高大的身体
走近我的时候
这太阳下的真实的姿态
我觉得
比拿破仑的铜像更漂亮

【如何读诗】

在“我”的心中，伤兵的姿态“比拿破仑的铜像更漂亮”，因为他是为了祖国而战斗，为了人民而战斗，为了自由而战斗，他的形象无疑是高大的。

太阳照在
城市的上空

街上的人
这么多，这么多
他们并不曾向我打招呼
但我向他们走去
我看着每一个从我身边走过的人
对他们
我不再感到陌生

太阳照着他们的脸
照着他们的
　　光洁的，年轻的脸
　　发皱的，年老的脸
　　红润的，少女的脸
　　善良的，老妇的脸
和那一切的
　昨天还在惨愁着但今天却笑着的脸
他们都匆忙地
摆动着四肢
在太阳光下
来来去去地走着
　——好像他们被同一的意欲所驱使似的
他们含着微笑的脸
也好像在一致地说着
“我们爱这日子

【如何读诗】

这是“街上的人”想说的，也是诗人想表达的。人们爱这积极斗争的生活，虽然苦难、饥饿和死亡仍然存在，但他们对未来充满希望，对黑暗后的光明充满期盼。

不是因为我们
　　看不见自己的苦难
不是因为我们
　　看不见饥饿与死亡
我们爱这日子
是因为这日子给我们
带来了灿烂的明天的
最可信的音讯。”

太阳光
闪烁在古旧的石桥上……

几个少女——
　那些幸福的象征啊
背着募捐袋
在石桥上
在太阳下
唱着清新的歌
　“我们是天使
　健康而纯洁
　我们的爱人
　年轻而勇敢
　有的骑战马
　驰骋在旷野
　有的驾飞机
　飞翔在天空……”
（歌声中断了，她们在向行人募捐）
现在

【如何读诗】

募捐的歌是少女唱给大众听的，简单清新，朗朗上口，具有振奋人心的力量，蕴含着一致抗战的决心和对胜利的信心。

她们又唱了
　“他们上战场
　奋勇杀敌人
　我们在后方
　慰劳与宣传
　一天胜利了
　欢聚在一堂……”
她们的歌声
是如此悠扬
太阳照着她们的
　骄傲地突起的胸脯
和袒露着的两臂
和发出尊严的光辉的前额
她们的歌
飘到桥的那边去了……

太阳的光
泛滥在街上

浴在太阳光里的
　街的那边
一群穿着被煤烟弄脏了的衣服的工人
扛抬着一架机器
　——金属的棱角闪着白光
太阳照在
　他们流汗的脸上
当他们每一步前进时
他们发出缓慢而沉洪的呼声

“杭 —— 唷
杭 —— 唷
我们是工人
工人最可怜
贫穷中诞生
劳动里成长
一年忙到头
为了吃与穿
吃又吃不饱
穿又穿不暖
杭 —— 唷
杭 —— 唷
自从**八一三**[8]
敌人来进攻
工厂被炸掉
东西被抢光
几千万工友
饥饿与流亡
我们在后方
要加紧劳动
为国家生产
为抗战流汗
一天胜利了
生活才饱暖
杭 —— 唷
杭 —— 唷……”
他们带着不止的杭唷声
转弯了……

【如何读诗】

这段劳动号子非常符合工人的身份和语言习惯，既呈现出他们的生活困境，又表现出他们朴素的爱国热情和斗争精神。

8- 拓展知识

八一三：指八一三事变，亦称“淞沪会战”。七七事变之后，日本希望通过占领我国的经济中心迫使当时的国民政府投降，在8月13日大举进攻上海。

太阳光
泛滥在旷场上
旷场上
成千的穿草黄色制服的士兵
　在操演
他们头上的钢盔
　和枪上的刺刀
闪着白光
他们以严肃的静默
等待着
　那及时的号令
现在
他们开步了
从那整齐的步伐声里
我听见
　“一！　二！　三！　四！
　一！　二！　三！　四！
　我们是从田野来的
　我们是从山村来的
　我们生活在茅屋
　我们呼吸在畜棚
　我们耕犁着田地
　田地是我们的生命
　但今天
　敌人来到我们的家乡
　我们的茅屋被烧掉
　我们的牲口被吃光

我们的父母被杀死
我们的妻女被强奸
我们没有了镰刀与锄头
只有背上了子弹与枪炮
我们要用闪光的刺刀
抢回我们的田地
回到我们的家乡
消灭我们的敌人
敌人的脚踏到哪里
敌人的血流到哪里……
……
一！ 二！ 三！ 四！
一！ 二！ 三！ 四！
……”
这真是何等的奇遇啊……

八、今　天

今天
奔走在太阳的路上
我不再垂着头
　把手插在裤袋里了
嘴也不再吹那寂寞的口哨
不看天边的流云
不彷徨在人行道

今天
在太阳照着的人群当中

【如何读诗】

在太阳的照耀下，诗人决心抛却过去的苦痛和彷徨。太阳带来了希望和光明，正如抗日民族战争的胜利就在前方。

我决不专心寻觅
那些像我自己一样惨愁的脸孔了

今天
太阳吻着我昨夜流过泪的脸颊
吻着我被人世间的丑恶厌倦了的眼睛
吻着我为正义喊哑了声音的嘴唇
吻着我这未老先衰的
啊！ 快要佝偻了的背脊

今天
我听见
太阳对我说
“向我来
从今天
你应该快乐些呵 ……”

于是
被这新生的日子所蛊惑
我欢喜清晨郊外的军号的悠远的声音
我欢喜拥挤在忙乱的人丛里
我欢喜从街头敲打过去的锣鼓的声音
我欢喜马戏班的演技
当我看见了那些原始的，粗暴的，健康的运动
我会深深地爱着它们
—— 像我深深地爱着太阳一样

今天

我感谢太阳
太阳召回了我的童年了

九、我向太阳

我奔驰
依旧乘着热情的轮子
太阳在我的头上
用不能再比这更强烈的光芒
燃灼着我的肉体
由于它的热力的鼓舞
我用嘶哑的声音
歌唱了：
“于是，我的心胸
被火焰之手撕开
陈腐的灵魂
搁弃在河畔……”
这时候
我对我所看见　所听见
感到了从未有过的宽怀与热爱
我甚至想在这光明的际会中死去……9

一九三八年四月　在武昌

9- 考点 情感分析

为了追求光明，诗人曾受到过无数折磨与苦痛，在太阳来临之际，他感到莫大的宽慰与满足。“我甚至想在这光明的际会中死去”，也表明，为了追求光明和理想，他甘愿献出生命。

我爱这土地

内容速览

诗人将自己比作一只鸟，用鸟儿的歌唱来表达对这片土地的热爱，再写鸟儿死后归葬于大地，直白地表达了诗人真挚、炽热的爱国之心。

阅读指南

- **诗歌阅读属性：**【细读】
- **阅读方法落实：**【如何读诗】朗读诗歌，感受诗歌如何从“一只鸟”的角度表达自己的赤诚热爱。感受诗歌中强烈的抒情色彩。把握“土地”“河流”“风”“黎明”等意象不同的象征意味。
- **核心内容感知：**【品味情思】强烈的爱国之情。

诗歌图解

我爱这土地

- **写作背景**
  - 武汉失守，日本侵略者的铁蹄猖狂地践踏中国大地
- **主要意象**
  - **鸟** —— 诗人自身
  - **土地** —— 祖国大地
  - **暴风雨** —— 日军的侵略
  - **河流、风** —— 反抗、斗争的精神
  - **黎明** —— 胜利和光明
- **主要情感**
  - 对于饱经磨难的祖国的热爱
  - 愿意为祖国而牺牲的精神

原文阅读

假如我是一只鸟，
我也应该用嘶哑的喉咙歌唱：
这被暴风雨所打击着的土地，
这永远汹涌着我们的悲愤的河流，
这无止息地吹刮着的激怒的风，
和那来自林间的无比温柔的黎明……
——然后我死了，
连羽毛也腐烂在土地里面。

为什么我的眼里常含泪水？
因为我对这土地爱得深沉……[1]

一九三八年十一月十七日

老师有话说

【如何读诗】

诗人将自己比作一只鸟，鸟是自由的，歌唱是它的天性和使命。鸟的叫声本应清脆嘹亮，为何这里是嘶哑的，为何喉咙已经嘶哑却仍要歌唱？因为诗人自己乃至整个民族都饱经创痛，却又不屈不挠。

1- 考点　情感分析

最后两句从鸟回归自身，直抒胸臆，用问答的方式直接抒发了诗人深沉而炽热的爱国之情。“我”为这片土地所承受的苦难感到悲恸，“我”愿意奉献所有，与这片土地共存亡。

吹号者[1]

内容速览

这首叙事诗塑造了一个向往光明、勇敢顽强、不惧牺牲的吹号者的形象，歌颂了奋勇斗争、一往无前的抗日战士，展现了艰苦卓绝的战争场景。

阅读指南

- **诗歌阅读属性：**【细读】
- **阅读方法落实：**【如何读诗】朗读诗歌，感受诗歌呈现的激烈斗争场面。品味诗歌朴素语言中透露出的激情。把握“吹号者”“号角”等意象的内涵。
- **核心内容感知：**【品味情思】赞美吹号者的悲壮牺牲，以及愿意为祖国献身的精神

诗歌图解

吹号者

- **结构**
  - **吹号者被惊醒** —— 迎接黎明的到来
  - **吹号者的战争生活**
    - 吹号唤醒原野、村庄、人群
    - 吹响吃饭号、集合号、出发号
    - 在队伍最前端行进
  - **残酷的战斗**
    - 在战壕中随时准备牺牲
    - 吹号冲锋，在死亡前绝不停止
    - 中弹倒下却仍握紧号角
- **主要意象**
  - **吹号者** —— 战争中牺牲的战士
  - **黎明** —— 胜利的希望
- **主要情感**
  - 对像吹号者这样的战士的赞美
  - 愿意为国牺牲的精神

原文阅读

老师有话说

1- 拓展知识

吹号者的作用是通过吹号，传递战场信息，带动战场节奏，鼓舞士气。诗人以此为题，赞扬了唤醒民族、激励民族奋勇抗争的先驱。

2- 考点 写作手法

连续用了三个“惊醒”，强调了吹号者是最先醒来的人，也强调了“惊醒”他的黎明的非凡意义。结合后文可以看出，惊醒他的并不是黎明的声音，而是他对于黎明的渴望和期盼。

好像曾经听到人家说过，吹号者的命运是悲苦的，当他用自己的呼吸磨擦了号角的铜皮使号角发出声响的时候，常常有细到看不见的血丝，随着号声飞出来……

吹号者的脸常常是苍黄的……

一

在那些蜷卧在铺散着稻草的地面上的困倦的人群里，
在那些穿着灰布衣服的污秽的人群里，
他最先醒来——
他醒来显得如此突兀
每天都好像被惊醒似的，
是的，他是被惊醒的，
惊醒他的
是黎明所乘的车辆的轮子
滚在天边的声音。[2]

他睁开了眼睛，
在通宵不熄的微弱的灯光里
他看见了那挂在身边的号角，
他困惑地凝视着它
好像那些刚从睡眠中醒来
第一眼就看见自己心爱的恋人的人
一样欢喜——
在生活注定给他的日子当中
他不能不爱他的号角；

号角是美的 ——
它的通身
发着健康的光彩，
它的颈上
结着绯红的流苏。

吹号者从铺散着稻草的地面上起来了，
他不埋怨自己是睡在如此潮湿的泥地上，
他轻捷地绑好了裹腿，
他用冰冷的水洗过了脸，
他看着那些发出困乏的鼾声的同伴，
于是他伸手携去了他的号角；
门外依然是一片黝黑，
黎明没有到来，
那惊醒他的
是他自己对于黎明的
过于殷切的想望。

他走上了山坡，
在那山坡上伫立了很久，
终于他看见这每天都显现的奇迹：
黑夜收敛起她那神秘的帷幔，
群星倦了，一颗颗地散去 ……
黎明 —— 这时间的新嫁娘啊
乘上有金色轮子的车辆
从天的那边到来 ……
我们的世界为了迎接她，

【如何读诗】

在吹号者的眼中，黎明这“时间的新嫁娘”到来时的景象，美丽而梦幻，仿佛一场盛大又隆重的典礼，这正体现了吹号者内心对黎明的倾慕和期盼。而黎明所代表的光明和美好未来也正是诗人一直孜孜以求的。

已在东方张挂了万丈的曙光……
看，
天地间在举行着最隆重的典礼……

二

现在他开始了，
站在蓝得透明的天穹的下面，
他开始以原野给他的清新的呼吸
吹送到号角里去，
——也夹带着纤细的血丝么？
使号角由于感激
以清新的声响还给原野，
——他以对于丰美的黎明的倾慕
吹起了起身号，
那声响流荡得多么辽远啊……

世界上的一切，
充溢着欢愉
承受了这号角的召唤……

林子醒了
传出一阵阵鸟雀的喧吵，
河流醒了
召引着马群去饮水，
村野醒了
农妇匆忙地从堤岸上走过，
旷场醒了

穿着灰布衣服的人群
从披着晨曦的破屋中出来,
拥挤着又排列着……

于是，他离开了山坡,
又把自己消失到那
无数的灰色的行列中去。
他吹过了吃饭号,
又吹过了集合号,
而当太阳以轰响的光彩
辉煌了整个天穹的时候,
他以催促的热情
吹出了出发号。

三

那道路
是一直伸向永远没有止点的天边去的,
那道路
是以成万人的脚蹂踏着
成千的车轮滚碾着的泥泞铺成的,
那道路
连结着一个村庄又连结一个村庄,
那道路
爬过了一个土坡又爬过一个土坡,
而现在
太阳给那道路镀上了黄金了,
而我们的吹号者

【如何读诗】

这连结着一个又一个村庄、爬过一个又一个土坡的道路，既是生活的道路，也是历史的、革命的道路。现在,“太阳给那道路镀上了黄金了”，意味着希望和光明就在前方。而吹号者，就是站在时代前沿的领路人。

在阳光照着的长长的队伍的最前面，
以行进号
给前进着的步伐
做了优美的拍节……

四

灰色的人群
散布在广阔的原野上，
今日的原野呵，
已用展向无限去的暗绿的苗草
给我们布置成庄严的祭坛了：
听，震耳的巨响
响在天边，
我们呼吸着泥土与草混合着的香味，
却也呼吸着来自远方的烟火的气息，
我们蛰伏在战壕里，
沉默而严肃地期待着一个命令，
像临盆的产妇
痛楚地期待着一个婴儿的诞生，
我们的心胸
从来未曾有像今天这样充溢着爱情，
在时代安排给我们的
——也是自己预定给自己的
生命之终极的日子里，
我们没有一个不是以圣洁的意志
准备着获取在战斗中死去的光荣啊！

【如何读诗】

残酷的战争即将来临，但蛰伏在战壕中的战士并不畏惧，他们早已有了为国牺牲的决心，“准备着获取在战斗中死去的光荣”，他们把这情感说成爱情，说成圣洁的意志，是如此高尚又伟大。

五

于是，惨酷的战斗开始了——
无数千万的战士
在闪光的惊觉中跃出了战壕，
广大的，急剧的奔跑
威胁着敌人地向前移动……
在震撼天地的冲杀声里，
在决不回头的一致的步伐里，
在狂流般奔涌着的人群里，
在紧密的连续的爆炸声里，[3]
我们的吹号者
以生命所给与他的鼓舞，
一面奔跑，一面吹出了那
短促的，急迫的，激昂的，
在死亡之前决不中止的冲锋号，
那声音高过了一切，
又比一切都美丽，
正当他由于一种不能闪避的启示
任情地吐出胜利的祝祷的时候，
他被一颗旋转过他的心胸的子弹打中了！
他寂然地倒下去
没有一个人曾看见他倒下去，
他倒在那直到最后一刻
　都深深地爱着的土地上，
然而，他的手
却依然紧紧地握着那号角；

3- 考点 写作手法

使用排比句式，穿插视觉描写和听觉描写，将原野上盛大而壮烈的战斗场面描绘出来，让读者热血沸腾。

【如何读诗】

吹号者的倒下突然又寂然，甚至没有人看见，因为他是千千万万战士中的一员，但直到最后一刻，“他的手却依然紧紧地握着那号角”，一种悲壮感油然而生，这是义无反顾的革命意志和崇高的牺牲精神的体现。

在那号角滑溜的铜皮上，
映出了死者的血
和他的惨白的面容；
也映出了永远奔跑不完的
　带着射击前进的人群，
　和嘶鸣的马匹，
　和隆隆的车辆……
而太阳，太阳
使那号角射出闪闪的光芒……

听啊，
那号角好像依然在响……4

一九三九年三月末

4- 考点 情感分析

吹号者牺牲了，但号角仍在，而牺牲者崇高的精神和不灭的生命价值将随着号角，随着这依然在响的号角声，永远地传承下去。

他死在第二次[1]

内容速览

这首叙事诗讲述了一个农民出身的士兵伤愈后重返前线，却第二次中弹牺牲的故事，塑造了一个有牺牲精神的淳朴战士形象，展现了诗人的思考。

阅读指南

- **诗歌阅读属性：**【细读】
- **阅读方法落实：**【如何读诗】朗读诗歌，注意叙事过程中人称和视角的变化。体会诗歌中对战争和生命意义的思考。
- **核心内容感知：**【品味情思】对战士们牺牲精神的歌颂，对战争和生命的思考。

诗歌图解

- **他死在第二次**
  - **结构**
    - **医院养伤**
      - 受伤离开战场被送往医院
      - 无数伤员在医院忍受痛苦，却仍然心怀战场
      - 女护士给伤员换药，手的状态对比明显
    - **痊愈后离开医院**
      - 伤口愈合但内心仍然痛苦
      - 在街道、在田野、在林荫路行走
    - **再次踏上战场**
      - 群众欢送
      - 自我思考
      - 勇敢挺进，最终牺牲
  - **主要情感**
    - 对每一个为祖国而牺牲的战士的歌颂
    - 对战争和生命意义的思考

原文阅读

一、舁 床[2]

等他醒来时
他已睡在舁床上
他知道自己还活着
两个弟兄抬着他
他们都不说话

天气冻结在寒风里
云低沉而移动
风静默地摆动树梢
他们急速地
抬着舁床
穿过冬日的林子

经过了烧灼的痛楚
他的心现在已安静了
像刚经过了可怕的恶斗的战场
现在也已安静了一样

然而他的血
从他的臂上渗透了绷纱布
依然一滴一滴地
淋滴在祖国的冬季的路上

就在当天晚上
朝向和他的舁床相反的方向

老师有话说

1- 拓展知识

艾青曾说："《他死在第二次》是为'拿过锄头'的、爱土地而又不得不离开土地去当兵的人，英勇地战斗了又默默地牺牲了的人所引起的一种忧伤。这忧伤，是我向战争所提出的，要求答复与保证的疑问。"

2- 字词解释

舁（yú）床："舁"，共同用手抬。舁床在这里应该指担架。

【如何读诗】

诗人先以朴素的语言描写了负伤的战士血滴在路上的细节，又将画面扩展到对整个抗日队伍的描写——一个人受伤倒下了，抗战的行列却步履不停、愈发壮大，字里行间充满了坚定而壮烈的情绪。

那比以前更大十倍的庄严的行列
以万人的脚步
擦去了他的血滴所留下的紫红的斑迹

二、医　院

我们的枪哪儿去了呢
还有我们的涂满血渍的衣服呢
另外的弟兄戴上我们的钢盔
我们穿上了绣有红十字的棉衣
我们躺着又躺着
看着无数的被金属的溶液
和瓦斯的毒气所啮蚀过的肉体
每个都以疑惧的深黑的眼
和连续不止的呻吟
迎送着无数的日子
像迎送着黑色棺材的行列
在我们这里
没有谁的痛苦
会比谁少些的
大家都以仅有的生命
为了抵挡敌人的进攻
迎接了酷烈的射击 ——
我们都曾把自己的血
流洒在我们所守卫的地方啊 ……
但今天，我们是躺着又躺着
人们说这是我们的光荣
我们却不要这样啊

【如何读诗】

诗人毫不讳言士兵伤情的惨烈和心理上的疑惧不安，展现出了战争的残酷。

我们躺着，心中怀念着战场
比怀念自己生长的村庄更亲切
我们依然欢喜在
烽火中奔驰前进呵
而我们，今天，我们
竟像一只被捆绑了的野兽
呻吟在铁床上
—— 我们痛苦着，期待着
要到何时呢？

三、手

每天在一定的时候到来
那女护士穿着白衣，戴着白帽
无言地走出去又走进来
解开负伤者的伤口的绷纱布
轻轻地扯去药水棉花
从伤口洗去发臭的脓与血
纤细的手指是那么轻巧
我们不会有这样的妻子
我们的姊妹也不是这样的
洗去了脓与血又把伤口包扎
那么轻巧，都用她的十个手指
都用她那纤细洁白的手指
在那十个手指的某一个上闪着金光
那金光晃动在我们的伤口
也晃动在我们的心的某个角落 ……
她走了仍是无言地

【如何读诗】

受伤的士兵“躺着又躺着”，虽然身体承受着痛苦，但他们并不消沉，即使伤口还未痊愈，心中仍然期待着重回战场。这段心理描写体现出士兵的革命豪情，也隐含着诗人渴望为祖国而战斗、愿意为祖国奉献一切的理想信念。

她无言地走了后我看着自己的一只手
这是曾经拿过锄头又举过枪的手
为劳作磨成笨拙而又粗糙的手
现在却无力地搁在胸前
长在负了伤的臂上的手啊
看着自己的手也看着她的手
想着又苦恼着，
苦恼着又想着，
究竟是什么缘分啊
这两种手竟也被搁在一起？[3]

3- 考点 写作手法

这部分用第一人称写“我”在医院的所见所想，着重写了护士和“我”的手。从两种手的对比可以看出，护士和“我”本是两个世界的人，是战争让二者有了交集。在这场战争中，每个人都在奉献自己的力量。

四、愈　合

时间在空虚里过去
他走出了医院
像一个囚犯走出了牢监
身上也脱去笨重的棉衣
换上单薄的灰布制服
前襟依然绣着一个红色的十字
自由，阳光，世界已走到了春天
无数的人们在街上
使他感到陌生而又亲切啊
太阳强烈地照在街上
从长期的沉睡中惊醒的
生命，在光辉里跃动
人们匆忙地走过
只有他仍是如此困倦
谁都不曾看见他 ——

一个伤兵，今天他的创口
已愈合了，他欢喜
但他更严重地知道
这愈合所含有的更深的意义
只有此刻他才觉得
自己是一个兵士
一个兵士必须在战争中受伤
伤好了必须再去参加战争
他想着又走着
步伐显得多么不自然啊
他的脸色很难看
人们走着，谁都不曾
看见他脸上的一片痛苦啊
只有太阳，从电杆顶上
伸下闪光的手指
抚慰着他的惨黄的脸
那在痛苦里微笑着的脸……

五、姿　态

他披着有红十字的灰布衣服
让两襟摊开着，让两袖悬挂着
他走在夜的城市的宽直的大街上
他走在使他感到陶醉的城市的大街上
四周喧腾的声音，人群的声音
车辆的声音，喇叭和警笛的声音
在紧迫地拥挤着他，推动着他，刺激着他，
在那些平坦的人行道上

【如何读诗】

士兵的状态和周围的事物形成鲜明的对比，他穿着灰布制服，与周围的光鲜亮丽格格不入，但他内心有别人没有的信念，在战场上受过伤令他感到光荣。士兵这一连串的心理活动，体现出他对生命意义的思考。

在那些炫目的电光下
在那些滑溜的柏油路上
在那些新式汽车的行列的旁边
在那些穿着艳服的女人面前
他显得多么褴褛啊
而他却似乎突然想把脚步放宽些
(因为他今天穿有光荣的袍子)
他觉得他是应该
以这样的姿态走在世界上的
也只有和他一样的人才应该
以这样的姿态走在世界上的

然而，当他觉得这样地走着
—— 昂着头，披着灰布的制服，跨着大步
感到人们的眼都在看着他的脚步时
他的浴在电光里的脸
却又羞愧地红起来了
为的是怕那些人们
已猜到了他心中的秘密 ——
其实人家并不曾注意到他啊

六、田　野

这是一个晴朗的日子
他向田野走去
像有什么向他招呼似的

今天，他的脚踏在

田堤的温软的泥土上
使他感到莫名的欢喜
他脱下鞋子
把脚浸到浅水沟里
又用手拍弄着流水
多久了 —— 他生活在
由符号所支配的日子里
而他的未来的日子
也将由符号去支配
但今天，他必须在田野上
就算最后一次也罢
找寻那向他招呼的东西
那东西他自己也不晓得是什么
他看见了水田
他看见一个农夫
他看见了耕牛
一切都一样啊
到处都一样啊
—— 人们说这是中国
树是绿了，地上长满了草
那些泥墙，更远的地方
那些瓦屋，人们走着
—— 他想起人们说这是中国
他走着，他走着
这是什么日子呀
他竟这样愚蠢而快乐
年节里也没有这样快乐呀
一切都在闪着光辉

【如何读诗】

士兵原本是农夫，田野中的那些水田、耕牛、泥墙、瓦屋都令他感到熟悉而亲切。时值战争年代，他即将奔赴战场，或许再也回不到田野中去了，他却在此刻感到快乐，纵然愚蠢，但是“年节里也没有这样快乐”。士兵的快乐或许来自他朴素而单纯的信念，他愿意为了守护中国的土地献出自己的一切。

到处都在闪着光辉
他向那正在忙碌的农夫笑
他自己也不晓得为什么笑
农夫也没有看见他的笑

七、一　瞥

沿着那伸展到城郊去的
林荫路，他在浓蓝的阴影里走着
避开刺眼的阳光，在阴暗里
他看见：那些马车，轻快地
滚过，里面坐着一些
穿得那么整齐的男女青年
从他们的嘴里飘出笑声
和使他不安的响亮的谈话
他走着，像一个衰惫的老人
慢慢地，他走近一个公园
在公园的进口的地方
在那大理石的拱门的脚旁
他看见：一个残废了的兵士
他的心突然被一种感觉所惊醒
于是他想着：或许这残废的弟兄
比大家都更英勇，或许
他也曾愿望自己葬身在战场
但现在，他必须躺着呻吟着
呻吟着又躺着
过他生命的残年
啊，谁能忍心看这样子

谁看了心中也要烧起了仇恨
让我们再去战争吧
让我们在战争中愉快地死去
却不要让我们只剩了一条腿回来
哭泣在众人的面前
伸着污秽的饥饿的手
求乞同情的施舍啊！

【如何读诗】

这残废了的兵士深深地触动了主人公，他同情他的遭遇，仇恨造成这一切的敌人，希望自己能有“在战争中愉快地死去”的幸运。主人公的骄傲和牺牲精神令人动容，当我们最后读到他的结局时，更能深刻体会到诗人对这悲苦命运和悲壮人生的同情和赞颂。

八、递　换

他脱去了那绣有红十字的灰布制服
又穿上了几个月之前的草绿色的军装
那军装的血渍到哪儿去了呢
而那被子弹穿破的地方也已经缝补过了
他穿着它，心中起了一阵激动
这激动比他初入伍时的更深沉
他好像觉得这军装和那有红十字的制服
有着一种永远拉不开的联系似的
他们将永远穿着它们，递换着它们
是的，递换着它们，这是应该的
一个兵士，在自己的
祖国解放的战争没有结束之前
这两种制服是他生命的旗帜
这样的旗帜应该激剧地
飘动在被践踏的祖国的土地上……

九、欢　送

以接连不断的爆竹声作为引导
以使整个**街衢**[4]都激动的号角声作为引导
以挤集在长街两旁的群众的呼声作为引导
让我们走在众人的愿望所铺成的道上吧
让我们走在从今日的世界到明日的世界的道上吧
让我们走在那每个未来者都将以感激来追忆的
　道上吧
我们的胸膛高挺
我们的步伐齐整
我们在人群所砌成的短墙中间走过
我们在自信与骄傲的中间走过
我们的心除了光荣不再想起什么
我们除了追踪光荣不再想起什么
我们除了为追踪光荣而欣然赴死不再
　想起什么……

十、一　念

你曾否知道
死是什么东西?
——活着，死去，
虫与花草
也在生命的蜕变中蜕化着……
这里面，你所能想起的
是什么呢?

4- 字词解释

街衢(qú)：街道，大道。

【如何读诗】

这一段从第三人称的旁观视角转变为士兵的第一人称，用几个富有节奏的“以……”“让我们……”“我们……”的句式，展现出送行队伍的热情，以及士兵能够重返战场的激动和兴奋，他的心里是无比光荣的。

当兵，不错，
把生命交给了战争
死在河畔！
死在旷野！
冷露凝冻了我们的胸膛
尸体腐烂在野草丛里
多少年代了
人类用自己的生命
肥沃了土地
又用土地养育了
自己的生命
谁能逃避这自然的规律
—— 那么，我们为这而死
又有什么不应该呢？
背上了枪
摇摇摆摆地走在长长的行列中
你们的心不是也常常被那
比爱情更强烈的什么东西所苦恼吗？
当你们一天出发了，走向战场
你们不是也常常
觉得自己曾是生活着，
而现在却应该去死
—— 这死就为了
那无数的未来者
能比自己生活得幸福么？
一切的光荣
一切的歌赞
又有什么用呢？

【如何读诗】

这一章是士兵的独白，从生命的演变到自然的规律再到对战争的反思，充满了哲思。

假如我们不曾想起
我们是死在自己圣洁的志愿里?
—— 而这，竟也是如此不可违反的
民族的伟大的意志呢?

十一、挺　进

挺进啊，勇敢啊
上起刺刀吧，兄弟们
把千万颗心紧束在
同一的意志里:
为祖国的解放而斗争呀!
什么东西值得我们害怕呢 ——
当我们已经知道为战斗而死是光荣的?
挺进啊，勇敢啊
朝向炮火最浓密的地方
朝向喷射着子弹的堑壕
看，胆怯的敌人
已在我们驰奔直前的步伐声里颤抖了!
挺进啊，勇敢啊
屈辱与羞耻
是应该终结了 ——
我们要从敌人的手里
夺回祖国的命运
只有这神圣的战争
能带给我们自由与幸福 ……
挺进啊，勇敢啊
这光辉的日子

是我们所把握的！
我们的生命
必须在坚强不屈的斗争中
才能冲击奋发！
兄弟们，上起刺刀
勇敢啊，挺进啊！

十二、他倒下了

竟是那么迅速
不容许有片刻的考虑
和像电光般一闪的那惊问的时间
在燃烧着的子弹
第二次 —— 也是最后一次呵 ——
穿过他的身体的时候
他的生命
曾经算是在世界上生活过的
终于像一株
被大斧所砍伐的树似的倒下了
在他把从那里可以看着世界的窗子
那此刻是蒙上喜悦的泪水的眼睛
永远关闭了之前的一瞬间
他不能想起什么
—— 母亲死了
又没有他曾亲昵过的女人
一切都这么简单

一个兵士

不晓得更多的东西
他只晓得
他应该为这解放的战争而死
当他倒下了
他也只晓得
他所躺的是祖国的土地
—— 因为人们
那些比他懂得更多的人们
曾经如此告诉过他[5]

5- 考点 情感分析

一个“不晓得”，两个“只晓得”，让我们明白士兵的爱国情怀就和他曾耕种过的土地一样，是简单质朴的，他甘愿牺牲流血，甘愿倒在战场上，这种情怀令人惊叹，更令人感伤。

不久，他的弟兄们
又去寻觅他
—— 这该是生命之最后一次的访谒
但这一次
他们所带的不再是舁床
而是一把短柄的铁铲

也不曾经过选择
人们在他所守卫的
河岸不远的地方
挖掘了一条浅坑 ……

【如何读诗】

从一开始讲述这个故事时，他便没有名字，牺牲后，他的坟墓也不曾拥有姓名，甚至只是无数“土堆”中的一个。战士们以生命报效祖国的崇高精神值得歌颂，他们的生命也同样值得关切。

在那夹着春草的泥土
覆盖了他的尸体之后
他所遗留给世界的
是无数的星布在荒原上的
可怜的土堆中的一个
在那些土堆上

人们是从来不标出死者的名字的
—— 即使标出了
又有什么用呢?

一九三九年春末

没有弥撒 1

内容速览

俄国诗人叶赛宁（1895—1925）有首名作，戴望舒将其译为《最后的弥撒》，这是一首俄罗斯田园生活的挽歌，是在为即将被工业文明吞噬的大自然做“最后的弥撒”。艾青此诗是对《最后的弥撒》的一种回应，他虽然热爱旷野和农村，但并不排斥工业文明对乡村的改造。

阅读指南

- **诗歌阅读属性：**【细读】
- **阅读方法落实：**【如何读诗】把握“旷野”“太阳”等意象的内涵。体会这首诗中诗人对农村和工业文明的态度。
- **核心内容感知：**【品味情思】期待新事物，呼唤农村的现代化革新。

诗歌图解

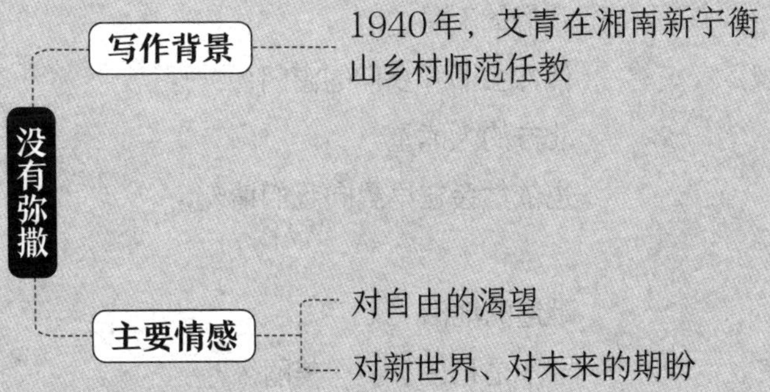

原文阅读

老师有话说

1- 拓展知识

弥撒：天主教的一种宗教仪式。

2- 拓展知识

我是最后的田园诗人：这是《最后的弥撒》一诗的第一句。

3- 字词解释

踯躅（zhí zhú）：徘徊不前的样子。

“**我是最后的田园诗人**[2]”吗？
不！
让那个可怜的耶勒善的农民
跟了他的弥撒
到赤杨树的下面去吧！

不需要什么祈祷，
旷野是和我一样的无神论者
（就是灾难到来时也决不向雕像哭泣的）
等你们都死光了
它仍旧悲哀而旷达地躺在这里。

把愚蠢与顽强
像马铃薯一样埋到泥土里去吧；
也不要像一只野狗似的
在荒墓间**踯躅**[3]，
为死人而哀伤……
我们的新月
依然会叩开我们的窗门；
北方的大熊星
也依然会在早晨向我们请安；

毗连的池沼
岂不是和往昔一样美丽么？
而在灌木林里
鸟群依然在欢呼着太阳……

太阳！没有比它更爽朗的：
它每天伸出转动机轮的臂向我们招手！
又以光焰的嘴
给我说着
Materialism dialectic[①] 的真理。

让顽固的**叶遂宁**
看着那“**铁的生客**”4 而痉挛吧；
我们要策着世纪的骏马
在这旷野上驰骋！

而且，新的诗人
将从这里经过
他们将在列车窗口吟诵诗篇；
他们也将感兴于几何学
—— 你看
那一片云的边缘
不像**米突尺**5 所画的一样平直吗？

没有弥撒。

一九四〇年四月四日　湘南

【如何读诗】

“太阳”是艾青诗歌里出现次数最多的意象之一，这里的太阳仿佛精妙的机器，“有转动机轮的臂”，向“我”说着唯物辩证法的真理，它是光明和进步的象征。

4- 拓展知识

叶遂宁：即叶赛宁。铁的生客：指铁路。《最后的弥撒》一诗中有“在青色的阡陌间 / 铁的生客不久要经过”。

5- 拓展知识

米突尺：采用米制刻度的尺子。“米突”即米，是“meter”的音译。

【如何读诗】

“列车”是工业文明的代表，艾青认为，现代工业文明不会扼杀诗歌，而会孕育出不同于“田园诗人”的“新的诗人”，他们会有新的思维方式和灵感来源。

① Materialism dialectic：英文，唯物辩证法。

火把

内容速览

这首叙事诗主要叙写了唐尼和李茵两位女青年参与火把游行的故事，并重点展现了唐尼在游行过程中的心理历程和变化。

阅读指南

✦ **诗歌阅读属性：**【细读】

✦ **阅读方法落实：**【如何读诗】朗读诗歌，感受诗歌通过口语和对话带来的亲切感。品味本诗语言的强烈和坚定。把握“火把”这个关键意象的内涵。把握诗歌中展现的当时一部分青年的心理状态。

✦ **核心内容感知：**【品味情思】对光明和民主的赞美和追求。

诗歌图解

火把

- **写作背景**：1939年7月7日，艾青参加了桂林为纪念“七七抗战”两周年所举行的火炬游行，受到极大震动
- **结构**
  - **游行开始之前**
    - 唐尼拖延，李茵催促
    - 街上、会场上参与的人很多，唐尼遇到克明
    - 演说煽动热情
  - **游行进行过程中**
    - 无数人举起无数的火把
    - 宣传卡车上演动员戏剧
    - 参与游行人数众多，队伍庞大
  - **游行散队后**
    - 唐尼受到游行感染
    - 寻找克明、再遇克明
    - 李茵劝解唐尼
    - 唐尼思想发生转变
    - 唐尼带着火把归家
- **主要意象**：**火把**
  - 光明和民主
  - 革命的热情
- **主要情感**：对光明和民主的追求和向往

原文阅读

一、邀

“唐尼　时候到了
快点吧”

“李茵
你坐下
我梳一梳头
换一换衣
…………
你看我的头发
这么乱
　　我的梳子
　　哪儿去了？”

“你的梳子
刚才我看见的
它夹在**《静静的顿河》**[1]里”
“啊　头发都打了结
以后我不再打篮球了
…… 今天下午
我沿着那小河回来
看见河边搁着
一个淹死了的伤兵
涨着肚子没有人去理会
…… 今天我一定要倒霉”

老师有话说

1-拓展知识

《静静的顿河》：苏联作家米哈依尔·亚历山大罗维奇·肖洛霍夫（1905—1984）创作的长篇小说，展现了第一次世界大战到1922年间顿河地区哥萨克人的动荡生活。

【如何读诗】

唐尼准备参加游行，更多的是出于一种凑热闹的心态，她并不真正了解游行的意义。她拉家常般谈论着“淹死了的伤兵”，只把这当成一个触霉头的意外，没意识到战争的残酷以及战争和自己的关系，仍然沉浸在个人的小天地中。

"唐尼　时候到了
快点吧"

"好　你别急
我换一换衣
—— 这制服又忘了烫
算了吧
反正在晚上
…… 李茵
你看我又胖了
这衣服真太紧
差点儿要挣破
前年在汉口
我也穿了这制服
参加游行的"

"快点吧　时候到了
别再说话"

"李茵　你真急
我还要擦一擦脸
这油光真讨厌 ——"

"你跑那边去找什么?
找什么? 唐尼!
　　你的粉盒
　　　　压在《**大众哲学**》[2]上
　　你的口红

2- 拓展知识

《大众哲学》: 20世纪30年代艾思奇所著,是宣传马克思主义哲学的通俗读物。

3- 拓展知识

《论新阶段》：毛泽东1938年10月在中共六届六中全会上所作的政治报告。

躺在《**论新阶段**》[3]一起。”

“李茵！”

“快点吧　唐尼
七点三刻了”

“好
我穿好鞋子马上跑
到八点集合
来得及”

“我的鞋拔呢？”

“在你哥哥的照像的旁边”

“啊　哥哥
假如你还活着
今晚上
你该多么快活！”

“唐尼
今晚上
你真美丽”

“李茵
你再说我不去了”

“你不去也好
留在家里可以睡觉”

“好了　走吧
妈　你来把门闩上
今晚上
我很迟才回来”
（一个老迈的声音从里面传出）
“尼尼　孩子
今晚上天很黑
别忘了带电筒”

“不要　妈
今晚上
我带火把回来”

二、街　上

“今夜的电灯好像
特别亮　你看那街上
这么多人　这么多人！
好像被什么旋风刮出来的
哪儿来的这么多人？
这城市　哪儿来的
这么多人？　他们
都到哪儿去？　啊　是的
他们也去参加火炬游行……
那些工人　那些女工

【如何读诗】

“火把”的意象第一次出现，而此时唐尼所说的“今晚上/我带火把回来”，也暗示着今晚她的心路历程会发生转变。火把会被带回家，而光明所代表的民主的观念、革命的热情也会在唐尼的内心慢慢扎根。

【如何读诗】

连用六个“那些”、五个“来了”，强调参与游行的人数之多、范围之广，浩大又热闹的场面仿佛就在眼前。

那些店员　那些学生
那些壮丁　那些士兵
都来了　都来了
所有的人都来了
我们的校工也来了
我们的号兵也来了
那么多的旗　那么多的标语……
还有那些宣传画　那么大;
红的　白的　黄的　蓝的旗……
领袖们的肖像　被举在空中。
啊　看那边:还要多　还要多
他们跑起来了　都跑起来了,
有的赶不上了　落下了……
你看:那个黄脸的号兵
晃郎着号角气都喘不过来;
那些学生唱起歌来了:
　起来
　不愿做奴隶的人们……
他们跑得多么快啊
他们去远了　去远了……"

"唐尼　时间到了
我们到公共体育场去集合吧
我们赶快
从这小巷赶上去!"

三、会 场

“她们都到了 她们都到了
赖英的头上打了一个丝结
她们都到了 大家都到了
何慧芳的眼镜在发亮
大家都到了 连那些小的也来了
刘桃芬 康素琴 李娟
啊 你们都来了 我们迟了
我们迟了 我们是从小巷赶来的
台上的煤气灯
照得这会场像白天
你这制服哪儿做的?
同你的身体很合适
我的是前年在汉口做的
太紧了 小得叫人闷气
今晚倒还凉
毛英华
你的皮鞋擦得好亮
啊
那么多工人 那么多 你们看
每只手像一个木榔头
脸上是煤灰 像从烟囱里出来的
他们都瞪着眼在看什么? 他们
都张着嘴在等什么? 他们
都一动不动的在想什么? 他们
朝我们这边看了 朝我们这边看了

【如何读诗】

即使已经来到会场，唐尼关注的仍然是同行人的穿着，她还没有从自我的世界中跳脱出来，面对工人的革命热情，面对工人被压迫后对自由的渴望和抗争，唐尼仍然是不理解的，甚至是害怕的。

那些眼睛像在发怒的
像在发怒的看着我们
啊　我真怕他们那些眼睛
　　　　　　　　　　这边
这边全是学生　全是
那个胖家伙跌了跤了
你们看：写信给彭菲灵的
就是他
　　　写信给邓健的
也是他
　　听说他的体重有两百零五磅
　　　　　　　　　　　　真可怕
这是什么学校的
蠢样子　个个都那么呆
那个打旗的像要哭出来
他们乱了　前面的踏着后面的脚
我们退后面一点　排好

　　　　　　　　李茵哪儿去了？
你看见李茵在哪里？
啊　看见了
　　　　　她和那抗宣队的在一起
为什么脸上显得那么忧愁
她又笑了　她来了……

李茵来！
　　　　我和你一起！

他们也来了　他也来了
他为什么低着头　像在想着什么?
他也想什么?　那么困苦的想什么?
他抬起头了　他在找……
他看见了　但他又把头低下去
他为什么低着头　像在想着什么?

李茵　你在这里等一下
我去看看他”

“克明　我和你说几句话
克明　你好么?”

“我很好——
你有什么话
请快点说吧”

“我不是要来和你吵架
我问你:
我写了三封信给你　你为什么不理?”

“唐尼　这几天
我正在忙着筹备今夜的大会
而且你的信
只说你有点头痛
只说讨厌这天气
对于这些事我有什么办法呢
而且我已不止劝过你一次……”

【如何读诗】

这是唐尼在集会中遇到克明后的心理描写，重复的八个“他”和一连串关切的问句，无疑体现出来人在唐尼心里不一般的地位。的确，克明是唐尼爱慕的人，此时的唐尼仍然是沉溺在个人情感中的一个脆弱的人物。

【如何读诗】

短短的几句对话，克明的形象、志向以及他与唐尼的分歧已经逐渐显露出来。唐尼写的信里，是“有点头痛”，是“讨厌这天气”，这仍是她只关注自我的当下状态的体现。而克明是正在进步的青年，他忙着筹备大会，渐渐走出了个人的狭小天地。

“而且
你正忙于交际呢！”

“什么意思？”

“这只有你自己最清楚。”
（人们在她和他之间走过
　　又用眼睛看看他们的脸）
“明天再好好谈吧
或者 —— 我写一封长信给你
播音筒已在向台前说话”
　　（一个声音在空气中震动）
“开会！”

四、演　说

煤油灯从台上
发光　演说的人站在台上
向千万只耳朵发出宣言。
他的嘴张开　声音从那里出来
他的手举起　又握成拳头
他的拳头猛烈地向下一击
嘴里的两个字一齐落下：“打倒！”
他的眼睛在灯光下闪烁
像在搜索他所摹拟的敌人
他的声音慢慢提高
他的感情慢慢激昂

他的心像旷场一样阔宽
他的话像灯光一样发亮
无数的人群站在他的前面
无数的耳朵捕捉他的语言
这是钢的语言　矿石的语言
或许不是语言　是一个
铁锤拼打在铁砧上
也或许是一架发动机
在那儿震响　那声音的波动
在旷场的四周回荡
在这城市的夜空里回荡

这是电的照耀
这是火的煽动
这是煽起火焰的狂风
这是暴怒了的火焰
这是一种太沉重的捶击
每一下都捶在我们的心上

这是一阵雷从空中坠下
这是一阵暴风雨4
吹刮过我们所站的旷场
这是一种可怕的预言
这是一种要把世界劈成两半的宣言
这是一种使旧世界流泪忏悔的力量

这不是语言　这是
一架发动机在鸣响

4-考点 写作手法

这几段细腻地描绘了演说的画面。先是将演说者的动作一一拆解，力量感和热情喷涌而出。随后又用一系列的比喻去形容演说的语言，生动地展现了这场演讲的号召力和感染力。“这是……”的排比句更是让语气一再增强，将革命热情推到顶峰。

这是一个铁锤击落在铁砧上
这是矿石的声音
这是钢铁的声音
这声音像飓风
它要煽起使黑夜发抖的叛乱
听呵　这悠久而沉洪
喧闹而火烈的
群众的欢呼鼓掌的浪潮……

五、"给我一个火把"

火把从那里出来了
火把一个一个地出来了
数不清的火把从那边来了
美丽的火把
耀眼的火把
热情的火把
金色的火把
炽烈的火把
人们的脸在火光里
显得多么可爱
在这样的火光里
没有一个人的脸不是美丽的
火把愈来愈多了
愈来愈多了　愈来愈多了
火把已排成发光的队伍了
火把已流成红光的河流了
火光已射到我们这里来了

【如何读诗】

诗人用各种正面的词汇去赞美火把，写出了火把游行的浩大声势与磅礴力量，展现了他对于火把所代表的光明和自由的赞颂与向往。

火光已射到我们的脸上了
你们的脸在火光里真美
你们的眼在火光里真亮
你们看我呀我一定也很美
我的眼一定也射出光彩
因为我的血流得很急
因为我的心里充满了欢喜
让我们跟着队伍走去
跟着队伍到那边去
到那火把出来的地方去
到那喷出火光的地方去
快些去　快些去　快去
去要一个火把……
“给我一个火把！”
“给我一个火把！”
“给我一个火把！”
你们看
我这火把
亮得灼眼啊……

这是火的世界……
这是光的世界……

六、火的出发

“火把的烈焰
赶走了黑夜”

【如何读诗】

连续三句“给我一个火把！”和“把火把举起来”写出了游行现场沸腾的热情，这是诗中参与游行之人的呼喊，也是诗人发自内心的盼望和呼告。

把火把举起来
把火把举起来
把火把举起来
每个人都举起火把来
一个火把接着一个火把
无数的火把跟着火把走

慢慢地走整齐地走
一个紧随着一个
每个都把火把
举在自己的前面
让火光照亮我们的脸
照亮我们的
　　　　昨天是愁苦着
　　　　今天却狂喜着的脸
照亮我们的
　　　　每一个都像
　　　　基督一样严肃的脸
照亮我们的
　　　　昂起着的胸部
　　　　—— 那里面激荡着憎与爱的
　　　血液
照亮我们的脚
　　　　　即使脚踝流着血
　　　　　也不停止前进的脚
让我们火把的光
照亮我们全体
　　　　　没有任何的障碍

可以阻拦我们前进的全体
照亮我们这城市
和它的淌流过正直人的血的街
照亮我们的街
和它的两旁被炸弹所摧倒的房屋
照亮我们的房屋
和它的崩坍了的墙
和狼藉着的瓦砾堆
让我们的火把
照亮我们的群众5
挤在街旁的数不清的群众
挤在屋檐下的群众
站满了广场的群众
让男的　女的　老的　小的
都以笑着的脸
迎接我们的火把

让我们的火把
叫出所有的人
叫他们到街上来
让今夜
这城市没有一个人留在家里

让所有的人
都来加入我们这火的队伍

让卑怯的灵魂
腐朽的灵魂

5-考点 写作手法

九个“照亮我们……”的排比句式，一步步加强了诗歌的语势，也展现出火把的能量。火把照亮游行的道路，也照亮了中国未来的道路，它播撒着光明和希望，唤醒广大的群众，让他们看清目前的处境，燃起斗争和反抗的热情。

发抖在我们火把的前面

让我们的火把
照出懦弱的脸
畏缩的脸

在我们火光的监视下
让犹大抬不起头来

让我们每个都成为**帕罗美修斯**[6]
从天上取了火逃向人间
让我们的火把的烈焰
把黑夜摇坍下来
把高高的黑夜摇坍下来
把黑夜一块一块地摇坍下来

把火把举起来
把火把举起来
把火把举起来
每个人都举起火把来

七、宣传卡车

那被绳子牵着的
是汉奸
　　　　那穿着长袍马褂
戴着瓜皮帽的
是操纵物价的奸商

6- 拓展知识

帕罗美修斯：即古希腊神话中的普罗米修斯，传说他创造了人类，并为人类盗取火种。

那脸上涂了白粉
眉眼下垂　弯着红嘴的
是**汪精卫**[7]
那女人似的笑着的
是汪精卫

那个鼻子下有一撮小胡子的
日本军官
搂着一个
中国农夫的女人
那个女人
像一头被捉住的母羊似的叫着又挣扎着
那军官的嘴
像饿了的狗看见了肉骨头似的
张开着
那个女人
伸出手给那军官一个巴掌
那个汪精卫
拉上了袖子
用手指指着那女人的鼻子
骂了几句
那个汪精卫
在那军官的前面跪下了
那个汪精卫
花旦似的
向那日本军官哭泣
那日本军官
拍拍他的头又摸摸他的脸

7- 拓展知识

汪精卫(1883—1944):国民党内的亲日派首领。他公开投降日本，与日本签订多项卖国条约，并于1940年3月成立伪国民政府，干下一系列丧权辱国的勾当。

那个汪精卫
　　　　女人似的笑了
他起来坐在那军官的腿上
他给那军官摸摸须子
他把一只手环住了那军官的颈
他的另一只手拿了一块粉红色的手帕
他用那手帕给那军官的脸轻轻地抚摸
那军官的脸是被那女人打红了的
那军官就把他抱得紧紧地
那军官向那汪精卫要他手中的手帕
那军官在汪精卫涂了白粉的脸上香了一下
那汪精卫撒着娇
　　　　把那手帕轻轻地在日本军官的前面抖着
那日本军官一手把那手帕抢了去
那手帕上是绣着一个秋海棠叶的图案的
那军官张开血红的嘴
　　　　大笑着　大笑着
那军官从裤袋里摸出几张钞票
给那个汪精卫
那军官拍拍他的脸
又用嘴再在那脸上香了一下

四个中国兵　走拢来　走拢来
用枪瞄准他们
瞄准那个日本军官　瞄准奸商　汉奸
　瞄准汪精卫
在四个兵一起的
　　　　是工人　农人　学生

【如何读诗】

在宣传卡车上上演的“活报剧”充满诙谐和讽刺的意味，避免了长诗的单调、沉闷与呆板。汪精卫、日本军官都是丑角，最后被中国兵和“工人、农人、学生”打倒在地，这种独特的宣传形式是一种发泄，也能在最大程度上吸引和团结民众，唤起大家的斗争精神。

他们一齐拥上去

把那些东西扭打在地上

连那个女人都伸出了拳头

那个农夫又给那个跪着求饶的汪精卫猛烈的一脚

那个学生向着街旁的群众举起了播音筒

“各位亲爱的同胞！ 我们抗战已经三年！

敌人愈打愈弱　我们愈打愈强

只要大家能坚持抗战！ 坚持团结！

反对妥协　肃清汉奸

动员民众　武装民众

最后的胜利一定属于我们！”

八、队　伍

这队伍多么长啊　多么长

好像把这城市的所有的人都排列在里面

不　好像还要多　还要多

好像四面八方的人都已从远处赶来

好像云南　贵州　热河　察哈尔的都已赶来

好像东三省　蒙古　新疆　绥远的都已赶来

好像他们都约好今夜在这街上聚会

一起来排成队　看排起来有多么长

一起来呼喊　看叫起来有多么响

我们整齐地走着　整齐地喊

每人一个火把　举在自己的前面

融融的火光啊　一直冲到天上

把全世界的仇恨都燃烧起来

我们是火的队伍

【如何读诗】

对队伍的描绘源于诗人参加桂林游行时的亲身感受。四面八方的群众排成长长的队伍，用火把将这黑夜点亮成白昼，这是游行现场的真实场景，展现出“全民族争取光明的热情和意志”。

我们是光的队伍

软弱的滚开　卑怯的滚开
让出路　让我们中国人走来
昏睡的滚开　打呵欠的滚开
当心我们的脚踏上你们的背
滚开去 —— 垂死者　苍白者
当心你们的耳膜　不要让它们震破
我们来了　举着火把　高呼着
用霹雳的巨响　惊醒沉睡的世界

我们是火的队伍
我们是光的队伍

人愈走愈多　队伍愈排愈长
声音愈叫愈响　火把愈烧愈亮
我们的脚踏过了每一条街每一条巷
我们用火光搜索黑暗
把阴影驱赶
卫护我们前进

我们是火的队伍
我们是光的队伍

这队伍多么长啊　多么长
好像全中国的人都已排列在里面
我们走过了一条街又一条街
我们叫喊一阵又歌唱一阵

我们的声音和火光惊醒了一切

黑夜从这里逃遁了
哭泣在遥远的荒原

九、来

你们都来吧
你们都来参加
不论站在街旁
还是站在屋檐下

你们都来吧
你们都来参加
女人们也来
抱着小孩的也来

大家一起来
一起来参加
来喊口号　来游行
来举起火把

来喊口号　来游行
来举起融融的火把
把我们的愤怒叫出来
把我们的仇恨烧起来

【如何读诗】

诗人热烈地呼吁大家一起来喊口号、来游行，其实是在鼓舞人民群众投身于这伟大的革命斗争和抗日民族战争中来。只有汇集最广大的人民群众的力量，才能取得最后的胜利。

十、散　队

我们已走遍了这城市的东南西北
我们已走遍了这城市的大街小巷
“李茵　我们已到这么远的地方。
现在我们得回去　队伍散了……
但是　你看　那些人仍旧在呼唱
他们都已在兴奋里变得癫狂
每个人都激动了　全身的血在沸腾
李茵　刚才火把照着你狂叫着的嘴
我真害怕　好像这世界马上要爆开似的
好像一切都将摧毁　连摧毁者自己也摧毁”

“唐尼　你看见的么　我真激动
好像全身的郁气都借这呼叫舒出了
唐尼　你的脸　也很异样
告诉我　唐尼
当那洪流般的火把摆荡的时候
你曾想起了什么？看见了什么？”

“李茵　那真是一种奇迹——
当我看见那火把的洪流摆荡的时候
的确曾想起了一种东西
看见了一种东西
一种完全新的东西
我所陌生的东西……”

【如何读诗】

在经历了激烈的游行后，在见识了革命者的激动和热情后，虽然唐尼仍然柔弱，甚至感到不理解和“害怕”，但这火把的力量仍然感染了她，在她心里埋下了种子。

十一、他不在家

“真的　李茵
你见到克明么
在那些走在前面的队伍里
你见到克明么
那些学生没有一刻是安静的
他们把口号叫得那么响
又把火把举得那么高
他们每个都那么高大　那么粗野
好像要把这长街
当做他们的运动场
火把照出他们的汗光
我真怕他们
他们好像已沿着这城墙走远……
但是　李茵
当队伍散开的时候
你见到克明么”

“他一定从那石桥回去了
这里离他住的地方
不是只要转一个弯么
我陪你去看他”

一〇三
一〇五
一〇七号——到了

【如何读诗】

虽然受到了游行的鼓舞和感染，但此时的唐尼本质上仍然是沉溺于个人情感的青年，革命的火把在她心里点燃了微弱的光，但队伍散去后，她的内心仍然没有转变。

“打门吧
(TA！ TA！ TA！)
他不在家”

十二、一个声音在心里响

“你在哪里？ 你在哪里？
这么大的地方哪儿去找你呢？
这么多的人怎能看到你呢？
这么杂乱的声音怎能叫你呢？

我举着火把来找你
你在哪里？ 你在哪里？
今夜多么美　你在哪里？
你在哪里？ 我的脸发烫
我的心发抖　你在哪里？

我举着火把来找你

你在哪里？ 你在哪里？
这么多人没有一个是你
这么多火把过去都没有你
这么多火光照着的脸都不是你

我举着火把来找你

我要看见你！ 我要看见你！

我要在火光里看见你……
我要用手指抚摸你的脸　你的发
我的这手指不能抚摸你一次么？

我举着火把来找你
无论如何　我要看见你啊
我要见你　听你一句话
只一句话：'爱与不爱'
你在哪里？你在哪里？"

十三、那是谁

"唐尼　他来了
从十字街口那边转弯
来了。克明来了
你看　前额上闪着汗光
他举着火把走来了……"

"那是谁？那是谁？
和他一起走来的
那是谁？那穿了草绿色的裙装的
女子是谁？那头发短得像马鬃的
女子是谁？那大声地说着话的
又大声地笑着的女子是谁？
那走路时摇摆着身体的
女子是谁？那高高地挺起胸部的
女子是谁？

【如何读诗】

这一部分是唐尼的内心独白，一连串的问句体现出她心中剧烈的情感波动。唐尼是天真而热烈的，她的内心已经被个人情感填满，充满了纠结与不安。

【如何读诗】

当唐尼再遇克明，却发现他和一个女子走在一起。这里又用一连串的问句展现出她内心的慌乱与猜疑。这名女子的只言片语展现了她对恋爱和工作的态度，由此可见，唐尼和克明的理念已然不同。唐尼仍沉浸在个人的情感中，而克明则不愿让个人感情妨碍到革命工作。

她在做什么？ 做什么？
她指手画脚地在做什么？
她在说什么？ 说什么？
她在和他大声地说着什么？
她在说什么？ 还是在辩论什么？
你听　她在说什么？ 那么响：

　　‘目前 —— 我们的
　　工作 —— 开展 ……
　　主观上的弱点 ——
　　正在克服 ……
　　目前 —— 我们
　　激烈地批判 ——
　　残留着的
　　小资产阶级的
　　劣根性 ……
　　以及 —— 妨碍工作的
　　恋爱 ……
　　受到了无情的
　　打击！
　　目前 —— 我们的
　　工作 —— 开展 ……’
他们走近来了 ……
他们走近来了 …… 李茵 ——
我们 ——”

“唐尼　让我
向他们打招呼 ……”

“不要！
李茵　我头昏
我们从这小巷回去吧”

今夜　你们知道
谁的火把
最先熄灭了
又从那无力的手中
滑下？

十四、劝　一

“唐尼　我在火光里
看见了你的眼泪
唐尼　这样的夜
你不感到兴奋么　唐尼
唐尼　你不应该
在大家都笑着的时候哭泣
唐尼　爱情并不能医治我们
却只有斗争才把我们救起　唐尼
你应该记起你的哥哥
才五六年　你应该能够记起
唐尼　不要太渴求幸福
当大家都痛苦的时候
个人的幸福是一种耻辱　唐尼
唐尼　只要我们眼睛一睁开
就看见血肉模糊的一团……

【如何读诗】

“当大家都痛苦的时候/个人的幸福是一种耻辱”，李茵对唐尼的劝解之语展现出她对个人与社会关系的思考。李茵对人民的痛苦有清晰的认识，她已有了坚定的革命信念和热情，要投身于伟大事业之中。

假如你还有热情　还有人性
你难道忍心一个人去享乐?
我们有太多的事情要做
你怎么应该哭　唐尼
你要尊敬你的哥哥
为了他而敛起眼泪
唐尼　你是他的妹妹
如你都忘了他
谁还能记得他呢
唐尼　坐下来
在这河边坐下来
让我好好和你说……”

“李茵
请把你的火把
吹熄吧”

“好的——
我有火柴
随时可以点着它”

“这样
倒舒服些……”

十五、劝　二

“我还有好些事要告诉你……”

——《圣经·新约·约翰福音》十六章十二节

“唐尼　现在让我告诉你
我也是哭泣过的　两年前
我曾爱过一个军官
我们一起过了美满的一个月
但他却把我玩了又抛掉了
我曾哭过一个星期
你知道　我是一个人
从沦陷了的家乡跑出来的

（几个人举着火把
从她们前面过去……）

“认识我的人们
在我幸福时
他们妒忌我
在我不幸时
他们嘲笑我
假如我没有勇气抵抗那些
冷酷的眼和恶毒的嘴
我早已自杀了

“但我很快就把心冷静下来
—— 我不怨他　我们这年头
谁能怨谁呢　我只是
拼命看书 —— 我给你的那些书
都是那时买的。我变得很快
我很快就胖起来。完全像两个人

【如何读诗】

李茵用自己的经历劝解唐尼，从她的自述中，我们也明白了她比唐尼更成熟的原因：她经历得多一些，她吃过苦。而正是这些经历让她更加坚强，更加了解社会的黑暗，让她决定拿起火把，投身到对光明和自由的追求中去。

心里很愉快。我发现自己身上
好像有一种无穷的力。我非常
渴望工作。我热爱人生 ——

（几个人举着火把过去）

【如何读诗】

这是李茵对唐尼的劝解，也是诗人对青年的鼓舞。在苦难的时代，我们应该将自己生命的价值，贡献给社会和国家。

“生命应该是永远发出力量的机器
应该是一个从不停止前进的轮子
人生应该是
一种把自己贡献给群体的努力
一种个人与全体取得
调协的努力
…… 我们应该宝贵生命
不要把生命荒废

（几个人举着火把
从她们前面过去 ……）

【如何读诗】

李茵看见过“血流成的小溪”“尸体堆成的小山”，近距离感受过战争的残酷，她自己也“生过疥疮 / 生过疟疾 / 生过轮癣”，吃过很多常人难以想象的苦。但她内心却是快乐的，这是一种高尚的快乐，她在这个过程中体验到了真挚的同志情，也实现了自己的人生价值。

“我很乐观　因为感伤并不能
把我们的命运改变　唐尼
我工作得很紧张。
我参加了一个团体 ——
唱歌　演戏　上街贴标语
给伤兵换药　给难民写信
打扫轰炸后的街　缝慰劳袋
我们的团体到过前线
我看见过血流成的小溪
看见过士兵的尸体堆成的小山

我知道了什么叫做‘不幸’
足足有一年　我们
在轰炸　突围　夜行军中度过
我生过疥疮　生过疟疾　生过轮癣
我淋过雨　饿过肚子　在湿地上睡眠
但我无论如何苦都觉得快乐
同志们对我很好　我才知道
世界上有比家属更高的感情

“那团体已被解散了　如今
大家都分散在不同的地方
唐尼　我正在打听他们的消息
我想挨过这学期 —— 啊　那旅馆的
电灯一盏盏地熄了 ……
唐尼　请你记住这句话:
……
只有反抗才是我们的真理
唐尼　克明现在不是很努力么
一个人变坏容易变好难
你如果真的爱他　难道
应该去阻碍他么?
　　　　　　　　唐尼
你是不是真的欢喜他呢?
你欢喜他那样的白脸么? ……”

十六、忏悔一

“不要谈起这些吧 ……

李茵　你的话我懂得。
我感谢你 —— 没有人
曾像你这样帮助过我
李茵　我会好起来的

（几个人　举着火把
从她们前面过去 ……）

【如何读诗】

唐尼的自述交代了她的身世以及她与克明相识的经过，这些经历影响了她的性格和选择。但在经历了今晚的一切后，唐尼认识到了自己的局限性，明白了“年轻人的敌人是 / 幻想”，她有意摆脱幻想的迷惑，回归到现实中，去实现自己的人生价值。

“本来　一个商人的女儿
会有什么希望呢？
而且我是在鸦片烟床上
长大的　五年前
我的父亲就要把我许给
一个经理的儿子　那时
我的哥哥刚死了半年。
我只知道哭　母亲和他吵，
过了几个月　他也死了。
他两个死了后
我家里就不再有快乐了。

“前年九月底　我和母亲
从汉口出来　在难民船上
认识了克明　他很殷勤
…… 不要说起这些吧
这都是我太年轻 ……
这都是我太安闲 ……
李茵　年轻人的敌人是
幻想 —— 它用虹一样的光彩

和皂泡一样的虚幻来迷惑你
我就是这样被迷惑的一个……

（几个人　举着火把
从她们前面过去……）

“李茵　这一夜
我懂得这许多
这一夜　我好像很清醒
我看见了许多　我更看见了
我自己——这是我从来都不曾看见过的

“我来在世界上已经十九个春天
这些年　每到春天　我便
常常流泪　我不知我自己
是怎么会到世界上来的
今天以前　我看这世界
随时都好像要翻过来
什么都好像要突然没有了似的
一个日子带给我一次悸动
生活是一张空虚的网
张开着要把我捕捉
所以我渴求着一种友谊
我将为它而感激一生……
我把它看做一辆车子
使我平安地走过
生命的长途
我知道我是错了……”

【如何读诗】

唐尼此刻的话语与刚才遇到克明时的心理形成了鲜明的对比，刚才因为患得患失慌张无比，现在却“很清醒”。这热血的一夜以及李茵的开导，让唐尼认清了自己的内心，也看到了自我之外的广大世界。

（几个人　举着火把
唱着歌
从她们前面过去……）

“唐尼　不要太信任‘友谊’二个字
而且　你说的‘友谊’也不会在恋爱中得到
不要把恋爱看得太神秘
现代的恋爱
女子把男子看做肉体的顾客
男子把女子看做欢乐的商店
现代的恋爱
是一个异性占有的遁词
是一个‘色情’的同义语。”

十七、忏悔二

“李茵
这世界太可怕了 ——
完全像屠场！
贪婪和自私
统治这世界
直到何时呢？”

“唐尼
人类会有光明的一天
‘一切都将改变’
那日子已在不远

只要我们有勇气走上去
你的哥哥就是我们的先驱……"

"我的哥哥是那么勇敢
他以自己的信仰决定一切
离开了家　在北方流浪
好几年都没有消息
连被捕时也没有信给家里
他是死在牢狱里的……

"而我
我太软弱了

（十几个人　每人举着火把
粗暴地唱着歌
从她们的前面过去……）

"这时代
不容许软弱的存在
这时代
需要的是坚强
需要的是铁和钢
而我——可怜的唐尼
除了天真与纯洁
还有什么呢?

"我的存在
像一株草

【如何读诗】

与软弱而天真的唐尼不同，哥哥是一位勇敢坚定的革命者，他用生命捍卫了自己的信仰。哥哥被捕死在牢狱里的结局，是诗人自身所见所闻的映照，崇敬与痛惜之情不言而喻。

我从来不敢把‘希望’
压在自己的身上

“这时代
像一阵暴风雨
我在窗口
看着它就发抖
这时代
伟大得像一座高山
而我以为我的脚
和我的胆量
是不能越过它的

“但是　李茵　我的好朋友
我会好起来
李茵
你是我的火把
我的光明
—— 这阴暗的角落
除了你
从没有人来照射
李茵　我发誓
经了这一夜　我会坚强起来的

“李茵
假如我还有眼泪
让我为了忏悔和羞耻
而流光它吧

"李茵

—— 我怎么应该堕落呢

假如我不能变好起来

我愿意你用鞭子来打我

用石头来钉我！"

"唐尼

天真是没有罪过的。

我们认识虽只半年

但我却比你自己更多的了解你

我看见了'危险'

已隐伏在你的前面。

它已向你打开黑暗的门

欢迎你进去

不 从你身上我看见了我自己

看见了全中国的姊妹

—— 我背几句诗给你：

> '命运有三条艰苦的道路
>
> 第一条 同奴隶结婚
>
> 第二条 做奴隶儿子的母亲
>
> 第三条 直到死做个奴隶
>
> 所有这些严酷的命运
>
> 罩住俄罗斯土地上的女人'

"我们是中国的女人

比俄国的更不如

【如何读诗】

这是李茵对唐尼的劝告，也是诗人对人民的鼓舞。命运掌握在自己的手里，绝不能祈求别人、依靠别人来改变。个人如此，国家也是如此，只有发动、凝聚民众自身的力量，才能驱逐黑暗，结束中华民族多年来的苦难命运。

我们从来没有勇气
改变我们自己的命运
难道我们永远不要改变么？
自己不改变　谁来给我们改变呢？

（在黑暗的深处
有几个女人过去
她们的歌声
撕裂了黑夜的苍穹：

‘感受不自由莫大痛苦
你光荣的生命牺牲
在我们坚苦的斗争中
英勇地抛弃了头颅……’）

“这一定是演剧队的那些女演员……
这声音真美……
唐尼　时候不早
我们该回去了”

“好　李茵
今晚我真清醒
今晚我真高兴。
明天起　我要
把高尔基的《母亲》先看完”

“等一等　唐尼
让我把火把点起

……

明天会”

（唐尼举着火把很快地走

突然　她回过头来悠远地叫着：）

“李茵

要不要我陪你回去？”

“不要——

有了火把

我不怕”

“好　那么再见

这火把给你。”

“那么……你自己呢？”

“我是走惯了黑路的——

谢谢你这火把……”

十八、尾　声

“妈！

（TA！ TA！ TA！）

开门吧”

（TA！ TA！ TA！）

“妈！

开门吧”

【如何读诗】

有了火把就不会害怕黑暗；有了光明的指引，革命的道路上就不会害怕；有了人民的力量，就一定会将黑暗驱散。

"妈!
开门吧"
(TA! TA! TA!)

"孩子
等一下
让我点了灯
天黑得很……"

"妈　你快呀
我带着火把来了"

"孩子
这火把真亮"

"妈　你拿着它
我来关门
你把火把
插在哥哥照像的前面"

(母亲上床　唐尼
呆呆地望着火把
慢慢地　她看定了
那死了五年的青年的照片:)

"哥哥　今夜
你会欢喜吧
你的妹妹已带回了火把

这火把不是用油点燃起来的
这火把 是她
用眼泪点燃起来的……”8

“孩子
这火把真亮
照得房子都通红了
你打嚏了 —— 孩子冷了
怎么你的眼皮肿
—— 哭了？”

“没有。
今晚我很高兴
只是火把的光
灼得我难受……”
“孩子 别哭了
来睡吧
天快要亮了。”

一九四〇年五月一日 — 四日

8- 考点 意象分析

哥哥一定会欢喜，因为妹妹带回的不仅是火把，更是革命热情和民主思想。哥哥为之牺牲生命的伟大理想，如今有妹妹来传承。这火把是她“用眼泪点燃起来的”，表明唐尼思想已完成转变并逐渐坚定起来。

【如何读诗】

“天快要亮了”一语双关，既是在写自然界的天亮，也暗示着光明和胜利即将到来。

抬

内容速览

这首诗通过刻画战争中人民受伤的场景，展现了战争给中华民族带来的苦难，也深切控诉了侵略者的暴行。

阅读指南

✦ **诗歌阅读属性：**【细读】

✦ **阅读方法落实：**【如何读诗】朗读诗歌，感受有规律的排比和复沓带来的节奏感。品味语言中透露出的悲恸。

✦ **核心内容感知：**【品味情思】对人民所受苦难的悲伤和对侵略者的愤怒。

诗歌图解

- **抬**
  - **写作背景**：1940年，艾青来到重庆，亲历了日本飞机的大轰炸
  - **主要情感**
    - 关心战争给人民带来的灾难
    - 控诉侵略者的暴行

原文阅读

请你们让开
请你们走在人行道上
让我们把他们抬起来
请你们不要拥挤
请你们站在街旁
让我们把他们抬起来
请你们不要叫嚷
请你们用静默表示悲哀
让我们抬起他们来

老师有话说

【如何读诗】

这里连用六个“请”字，语气沉痛而坚定，写出了现场的惶乱不安，展现了战争的残酷无情。

这是一个妇人
她的脑盖已被弹片打开
让她闭着眼好好地睡
让她过一阵能慢慢地醒来
让我们抬起她送回她的家
让她的家属用哭泣与仇恨安排

【如何读诗】

“妇人”是普通百姓的代表，“服务队的队员”是抗日志士中的一员，他们都是侵略战争的受害者。这朴素的语言揭开了血淋淋的现实，将普通人所遭受的苦难真实地呈现出来。

这是一个服务队的队员
灰色的制服上还挂得有他的臂章
你们认识他么 —— 他的脸已蒙上了土灰
无情的弹片打断了他勤劳的臂
请你们让开，请向他表示悲哀
他已为了减少你们的牺牲而被残害

请你们不要挤，这里还有更多的
他们都是伤兵住在伤兵医院里
他们在前方受了伤躺在床上

等着伤好了再上战场
现在无耻的敌人已把医院炸倒
现在他们已受到了更大的创伤

请大家让开
让我们抬起他们来
请大家站在旁边
让我们抬着舁床走来
请大家记住
这些都是血债……[1]

一九四〇年六月十一日　重庆

1- 考点 情感分析

“无耻的敌人”一词简单直白，侵略者的暴行触目惊心，诗人的愤怒已喷薄而出。而“这些都是血债”更是直接呼喊，饱含着对战争的悲恸，对侵略者的憎恨。

旷野（又一章）

内容速览

这首诗用细腻的笔墨描绘了旷野的景象，表达了诗人对土地、对祖国的热爱。

阅读指南

- **诗歌阅读属性：**【细读】
- **阅读方法落实：**【如何读诗】朗读诗歌，感受诗人如何以“我”的所见所闻铺开全诗。品味诗歌如何用细腻的描写展现旷野的面貌。把握“旷野”这个意象的内涵。
- **核心内容感知：**【品味情思】对祖国大地的热爱。

诗歌图解

- **旷野（又一章）**
  - **写作背景**：1940年，艾青在湖南新宁写下《旷野》一诗，同年7月，艾青在四川写下这首《旷野（又一章）》
  - **结构**
    - **旷野景象**
      - 田地农夫采摘图
      - 虫鸟合唱图
      - 阳光照耀图
    - **走上山坡**
      - 访问山毛榉
      - 眺望旷野，看见山峦、野林、田地等
    - **自述身世，抒发情感**
  - **主要情感**：对土地和祖国的热爱

原文阅读

玉蜀黍[1]已成熟得像火烧般的日子：
在那刚收割过的**苎麻**[2]的田地的旁边，
一个农夫在烈日下
低下戴着草帽的头，
伸手采摘着毛豆的嫩叶。

静寂的天空下，
千万种鸣虫的
低微而又繁杂的大合唱啊，
奏出了自然的伟大的赞歌；
知了的不息聒噪
和斑鸠的渴求的呼唤，
从山坡的倾斜的下面
茂密的杂木里传来……

昨天黄昏时还听见过的
那窄长的峡谷里的流水声，
此刻已停止了；
当我从阴暗的林间的草地走过时，
只听见那短暂而急促的
啄木鸟用它的嘴
敲着古木的空洞的声音。

阳光从树木的空隙处射下来，
阳光从我们的手扪不到的高空射下来，
阳光投下了使人感激得抬不起头来的炎热
阳光燃烧了一切的生命，

老师有话说

1- 字词解释

玉蜀黍（shǔ shǔ）：即玉米。

2- 字词解释

苎（zhù）麻：我国古代重要的纤维作物之一。

【如何读诗】

天空一片寂静，虫鸟却在奏响欢歌，动静互相衬托，旷野上的生机勃勃呈现在眼前，给人一种明朗的感觉。

【如何读诗】

五个“阳光……”的排比句式，强调阳光的热情，展现了阳光所携带的巨大能量。“太阳”“阳光”是艾青诗歌中经常出现的意象，赞美与渴望之意从字里行间流露出来。

阳光交付一切生命以热情；

啊，汗水已浸满了我的背；
我走过那些用卷须攀住竹篱的
豆类和瓜类的植物的长长的行列，
（我的心里是多么羞涩而又骄傲啊）
我又走到山坡上了，
我抹去了额上的汗
停歇在一株**山毛榉**[3]的下面 ——

简单而蠢笨
高大而没有人欢喜的
山毛榉是我的朋友，
我每天一定要来访问，
我常在它的阴影下
无言地，长久地，
看着旷野：
旷野 —— 广大的，蛮野的 ……
为我所熟识
又为我所害怕的，
奔腾着土地、岩石与树木的
凶恶的海啊 ……

不驯服的山峦，
像绿色的波涛一样
横蛮地起伏着；
黑色的岩石，
不可排解地纠缠在一起；

3- 字词解释

山毛榉：植物名，一种落叶乔木。

【如何读诗】

从山峦、岩石到道路、村舍、村舍的窗户，再到山峰、野林，诗人将视角由远拉近，又由近拉远，富有动态的美感。使用大量的比喻和拟人，让眼前的景象生动又有血有肉，同时以“纠缠”“互不相通”“孤立”“互不理睬”“对立”等动词表现出当下的社会状态。

无数的道路，
好像是互不相通
却又困难地扭结在一起；
那些村舍
卑微的，可怜的村舍，
各自孤立地星散着；
它们的窗户，
好像互不理睬
却又互相轻蔑地对看着；
那些山峰，
满怀愤恨地对立着；
远远近近的野林啊，
也像非洲土人的鬈发，
茸乱的鬈发，
在可怕的沉默里，
在莫测的阴暗的深处，
蕴藏着千年的悒郁。

而在下面，
在那深陷着的峡谷里，
无数的田亩毗连着，
那里，人们像被山岩所围困似的
宿命地生活着：
从童年到老死，
永无止息地弯曲着身体，
耕耘着坚硬的土地；
每天都流着辛勤的汗，
喘息在

贫穷与劳苦的重轭下……

为了叛逆命运的摆布，
我也曾离弃了衰败了的乡村，
如今又回来了。
何必隐瞒呢——
我始终是旷野的儿子。
看我寂寞地走过山坡，
缓慢地困苦地移着脚步，
多么像一头疲乏的水牛啊；
在我松皮一样阴郁的身体里，
流着对于生命的烦恼与固执的血液；
我常像月亮一样，
宁静地凝视着
旷野的辽阔与粗壮；
我也常像乞丐一样，
在暮色迷蒙时
谦卑地走过
那些险恶的山路；4
我的胸中，微微发痛的胸中，
永远地汹涌着
生命的不羁与狂热的欲望啊！
而每天，
当我被难于抑止的忧郁所苦恼时，
我就仰卧在山坡上，
从山毛榉的阴影下
看着旷野的边际——
无言地，长久地，

4- 考点　情感分析

最后一部分，诗人开始直白地表达对旷野的热爱。“我始终是旷野的儿子”，这是诗人发自肺腑的抒怀，赤子之心跃然纸上。诗人把自己比作水牛、月亮、乞丐，既是将自己的生命与旷野紧紧联结，又是在表明自己对旷野的无限依恋。

把我的火一样的思想与情感
溶解在它的波动着的
岩石，阳光与雾的远方……

一九四〇年七月八日　四川

刈草的孩子

内容速览

这首诗用朴素的语言描绘了一个孩子割草的场景，以小见大地写出了战争年代人民生活的艰难。

阅读指南

- **诗歌阅读属性：**【细读】
- **阅读方法落实：**【如何读诗】朗读诗歌，把握诗歌的写作技巧。品味诗歌中对人物动作细腻的描绘。
- **核心内容感知：**【品味情思】对战争时代人民生活困苦的同情和悲愤。

诗歌图解

- 刈草的孩子
  - **主要画面**
    - 草原被夕阳染红
    - 孩子刈草，弯曲着身子，忙乱着手
    - 草丛将孩子遮没
    - 盛草的竹篓，闪着金光的镰刀
  - **主要情感**
    - 对战争时代人民生活困苦的同情和悲愤

原文阅读

夕阳把草原燃成通红了。
刈草的孩子无声地刈草，
低着头，弯曲着身子，忙乱着手，[1]
从这一边慢慢地移到那一边……

草已遮没他小小的身子了——
在草丛里我们只看见：
一只盛草的竹篓，几堆草，
和在夕阳里闪着金光的镰刀……

一九四〇年

老师有话说

1- 考点 写作手法

“燃”字用得好，写出了夕阳照射下草原一片通红的景象。低头、弯腰、手很忙乱等动作描写十分精准，写出了孩子的辛劳。

【考题链接 1】

艾青在《诗论》中说：诗的优劣不在于取材的大小、篇幅的长短，关键在于怎样写，从怎样的角度看到世界。请结合《刈草的孩子》或者诗人的其他诗作，谈谈你对这一特点的理解。

——答案见第145页

雪里钻

——一个年轻的记者向我夸赞他的马

内容速览

这是一首叙事长诗，用第一人称的视角写了一个年轻记者和战马“雪里钻”在我军和日军的战斗中一系列惊险的遭遇，借马的坚毅英勇，讴歌了人民战士誓死不屈的战斗精神。

阅读指南

- **诗歌阅读属性：**【细读】
- **阅读方法落实：**【如何读诗】朗读诗歌，感受诗歌自由的形式和跌宕的情节发展。品味诗歌雄浑的笔触、壮阔的气势、奋发昂扬的情调。
- **核心内容感知：**【品味情思】对英勇斗争的人民战士的歌颂。

诗歌图解

雪里钻

- **写作背景**：1941年，艾青来到延安，他意识到必须以新的风格去谱写新的情感
- **结构**
  - 初遇“雪里钻”
  - 骑马行进
  - “夜袭”胜利
  - 突遇敌军，“雪里钻”带“我”赶上骑兵队
  - 被敌军追击，危急时刻“雪里钻”救“我”性命
- **主要情感**：对英勇斗争、不畏牺牲的抗日英雄的歌颂

原文阅读

老师有话说

一

二月大雪后的黄昏
城里的**别动队**[1]来了电话，
“今天晚上十一点钟
敌人有一列军火车
自北平开到保定。”

1- 拓展知识

别动队：特别行动队的简称，一般是离开主力单独执行特殊任务的部队。

弟兄们检查着枪支，
扳动着枪机，
把子弹塞满了枪膛，
把子弹带捆在腰上，
夹带着亲热的戏谑，
重新扎紧了绑腿。

【如何读诗】

这里对于战斗准备的描写平白而朴素，真实地展现了战士们良好的战斗素养。

团长来邀我参加夜袭，
他拉我到骑兵班去，
在那成排的马群里，
他指给我一匹黑马。

像年轻人看见漂亮的女人似的，
心里激荡着欢喜。
这黑马俊秀而机敏，
乌黑发亮的身体，
像裹住了黑缎似的光滑；
两只耳朵直竖着，

【如何读诗】

“我”与“雪里钻”的初遇场景无疑是惊艳的，诗人用极为细腻优美的语言刻画了“雪里钻”的形象，它是那样“俊秀而机敏”，一匹美丽而又肃穆的黑马形象跃然纸上。

好像两个新削的黑漆的竹筒；
四条腿直立着，
稳定像四根钢柱；
脚蹄洁白，干净，
好像上面沾满了白雪。

它肃静地站在夜色里，
全身的黑毛映着雪光，
好像随时都在警戒着；
假如不是它的耳朵在翻动
和它的眼睛在闪瞬，
你会以为它是一个
为纪念英雄而铸造的马像。
团长用手抚着它的下巴，
在石槽上划亮了火柴，
抽了几口旱烟，
他取下了烟斗
告诉我说：
“这是察哈尔种，
在密尔斯草原
度过了四个春天，
一个辗转在塞外的
年轻的南方人
把它带到太行山来……”

团长是欢喜沉默的，
今天他却说话了：
“这黑马虽然暴躁，

【如何读诗】

团长几句简单的介绍交代了“雪里钻”的出身和性格，及其名字的由来，为后面的情节做了铺垫。

却很耐劳，
能跳过二丈宽的深沟，
曾经有三个骑者被它摔死，
但每当它的主人危难时，
它一定固守在一起。
因为它的四个白蹄，
人们叫它‘雪里钻’。
和它作战在一起，
没有一次不胜利。
现在，我们要出发了，
我把它送给你。”

二

我跨上了马鞍，
在队伍里向东方前进。
马群在疾进中扬起的雪屑
飞粘在人们的身上，脸上，
无边的雪在原野上反光。

我们经过了许多村庄 ——
北方的低矮而又宽敞的房屋
和许多稀疏的树林；
一切都静静地被雪掩盖着，
只从远处听见了狗的叫声。2

2-考点 写作手法

运用以动衬静的手法，展现了“暴风雨前”的宁静，同时体现出战士们优秀的军事素养。

穿过广大的雪原，
临近了沦陷区的时候，

听见保定西关的日本守兵
朝向我们放射的枪声
—— 敌人已从马群的蹄踏
发现了我们的行踪。

不知是雪原使它兴奋呢，
还是它要和寒冷抵抗呢，
我的马，在祖国的平原上
广阔的被凌辱的土地上
奔跳着，急驰着，
像一阵旋风
卷过山谷似的勇猛。

三

我们到了大马房，
把马拴在大树下。
我们的队伍
向平汉路出发。

十一点钟到了，
“轰！”的一声火光冲天。
接着是炮弹爆炸的声响。
那毒蛇似的军火车
触到我们的地雷了！
敌人连骨头都炸碎了。
车辆的残片星散在雪地上。[3]

3- 考点 修辞手法

用“毒蛇”比喻敌人的军火车，暗示了敌人的残忍。“火光冲天”是视觉描写，“爆炸的声响”是听觉描写，使人仿佛身临战斗现场。而“敌人连骨头都炸碎了”，车辆也只剩“残片”，准确地刻画出爆炸的激烈。

雄鸡第一次鸣叫了，
我们带着胜利的歌声
回到了大马房。
我们歌唱着，笑着，大声的叫着，
大家忙着准备早餐，
到处都燃起了篝火，
到处都响起了歌声。

四

黎明来到了树林和村庄，
敌人的坦克车，轻机关枪车，
机关枪骑兵队，
行进在昏暗中的四架飞机，
从被占区出发
沿铁路线向我们追索
—— 残酷的敌人
想把我们歼灭
在铁路西面的平原上。
我正在电台里煮土薯，
大马房被包围了！
人们在惊慌中奔跑着。
我匆忙地离开了电台，
冒着那些散乱的枪声
去找我们的团长，
但他已走了。

村外是不停的枪声，

汽车的马达声，
坦克车的轮子滚转声 ……

我跑到骑兵班，
那个察哈尔骑兵
最后的跨上了他的马背。

我瞥见我的马
站在村里的大树下，
直竖着两只耳朵，
眼睛发出奇异的光辉，
尾巴焦躁地摆动着。
一切都在告诉我：
战争到了！
我知道我的生命
已和它的生命联结在一起。

我跨上了马背，
把缰绳一拉，
我的马像得了解放似的
兴奋地踢开了雪块
向村外冲去 ……

一到村外，它立刻发现
我们的骑兵队
正疾驰在微明的平原的上面。

我把我的身体

【如何读诗】

和团长说的一样，危难时刻，“雪里钻”等着“我”，和“我”共进退，显示出“雪里钻”英勇不屈的个性。

【如何读诗】

“我”骑马的姿势，正映照了前面的那句“我的生命已和它的生命联结在一起”。“喧吵”二字赋予枪弹生命力，展现了战争的残酷。

倒伏在马背上，
两手扯住它的鬃毛
—— 我的后面
喧吵着暴雨似的枪弹。

“雪里钻”在敌人的追赶里，
它的四个蹄子
疯狂地疾驰着，
它的身体腾空似的
带着我迅速地移动，
快得像一个向前抛掷的物体。

天色已完全发白，
天边露出清楚的地平线，
我终于赶上了骑兵队。
在我们的最前面，
我看见205号骏马，
上面骑着我们的团长。
英勇的“雪里钻”
感奋得像警报器似的吼叫起来。
这是我第一次听见
它如此坚决如此悲壮的吼声，
这吼声给我无比的鼓舞，
使我在狼狈的败退中
觉触到一种新的光芒。

但是一切都完了，
我们的马群

已临到了漕河的边岸，
而敌人的骑兵
已迫近我们的后面。

敌人的机关枪
开始密集的射击，
那些小钢炮
在后面村庄的屋顶
喷发着炮弹；
那些炮弹
像夏天的急雨
打落在漕河的对岸，
阻止我们前进。
205号骏马
第一匹踏上漕河冻结了的河面；
于是我们的整个马队
像突然得到了命令，
都跟随着
跳下了漕河。

敌人的炮弹
击碎了冰层，
冰块像冰雹似的
飞溅，零落在我们的身边。

205号骏马
伴随着它的战友 ——
我们的政治委员

一起倒下在河面的那边。
从冰层爆起的弹片
已冷酷地击死了他们！

许多的同志们
发出最后的一声呼叫，
不可援救地牺牲了！

我们的马匹
从他们的尸体上跃过。
“雪里钻”
奔到205号马尸的旁边，
它的后左腿
突然陷进冰窟里，
两条前腿被冰一滑
跪下了。
我发出了惊叫：
“完了！”

我的祖国啊！
我已为你交付了
我年轻的生命，
我的战斗，
我的英勇。

在我前面的人们远了，
在我后面的
从我身边过去。

严重的恐怖包围着我，
我烦乱在子弹的喧吵里。
就在此刻，
敌人骑兵的第一匹马
已从漕河的岸上跃下。
我蓦地想起
我身边的军用地图，
在我死之前，
我应该把它烧去。
我一边倒过了“二把子”
向后面不停地射击，
一边伸手到皮包里
去摸索军用地图，
我的手触到了一柄小刀
—— 这小刀
是我在上一次的战斗中
从山本中队司令身上搜取来的。

我握住小刀，咬紧牙齿，
猛烈地向马屁股上一刺。
我噙着眼泪
叫喊着：
“起来！ 伙计！
你不要出卖我！”

马惨叫了一声，
从冰层上跃起，

冲过炮火的浓烟，
向前面的马队追赶。
……
我们的机关枪
把敌人的骑兵
挡在漕河的彼岸。

五

初春早晨的阳光
照耀在广大的雪原上。
子弹的声音已沉寂了，
我们的呼吸也松缓下来，
我感激地骑着“雪里钻”
向着归路上前进。
弟兄们都已去得很远了，
我回过头来向后面观望。
中国的雪的平原，
突然看见鲜红的血迹
淋滴在净白的雪堆上，
淋滴在印着蹄影的道路上……

我回到了我们驻扎的村庄。
团长已坐在拂了雪的石板上，
他为欢迎我而站立起来，
走到“雪里钻”的旁边，
伸手摸着在冒出白气的嘴。
他的脸映着春天的阳光。

【如何读诗】

鲜红的血迹滴在中国的雪的平原上，正象征着中国每一寸收复的土地都是抗日战士们用鲜血与生命换来的。

他笑了：那么平静，那么温暖
好像一切都不曾发生……

一九四一年九月二十七日

黎明的通知

内容速览

这首诗把黎明拟人化，用黎明的口吻传达出新时代即将到来的信息，表达了对未来的向往和信心。

阅读指南

- **诗歌阅读属性：**【细读】
- **阅读方法落实：**【如何读诗】朗读诗歌，感受诗歌递进排比的句式和首尾呼应的手法。把握“黎明”这个意象的内涵。
- **核心内容感知：**【品味情思】对未来的美好期待。

诗歌图解

黎明的通知

- **写作背景**：1941年，艾青从重庆来到延安。在解放区，他感受到了抗战胜利的希望和信心，于1942年写下了这首诗
- **结构**
  - 黎明请诗人向人们带去它即将到来的消息
  - 黎明让仍在奋斗的人们做好准备，迎接它的到来
  - 黎明宣告黑夜即将结束，曙光在前方
- **主要意象**：**黎明**
  - 抗日民族战争必将胜利的美好未来
  - 新的生活，新的世界
- **主要情感**：对美好未来的向往和不懈追求

原文阅读

为了我的祈愿
诗人啊，你起来吧

而且请你告诉他们
说他们所等待的已经要来

说我已踏着露水而来
已借着最后一颗星的照引而来

我从东方来
从汹涌着波涛的海上来

我将带光明给世界
又将带温暖给人类[1]

借你正直人的嘴
请带去我的消息

通知眼睛被渴望所灼痛的人类
和远方的沉浸在苦难里的城市和村庄

请他们来欢迎我 ——
白日的先驱，光明的使者

打开所有的窗子来欢迎
打开所有的门来欢迎

老师有话说

1- 考点 写作手法

诗人将黎明拟人化，用第一人称传达出黎明即将到来的讯息。黎明将带光明给世界，又将带温暖给人类，象征着抗日民族战争的胜利即将到来。

【考题链接2】

阅读诗句，结合你对诗人的了解，分析诗歌中“黎明”这一意象的内涵。

—— 答案见第145页

请鸣响汽笛来欢迎
请吹起号角来欢迎

请清道夫来打扫街衢
请搬运车来搬去垃圾

让劳动者以宽阔的步伐走在街上吧
让车辆以辉煌的行列从广场流过吧

请村庄也从潮湿的雾里醒来
为了欢迎我打开它们的篱笆

请村妇打开她们的**鸡埘**[2]
请农夫从畜棚牵出耕牛

借你的热情的嘴通知他们
说我从山的那边来，从森林的那边来

请他们打扫干净那些晒场
和那些永远污秽的天井

请打开那糊有花纸的窗子
请打开那贴着春联的门

请叫醒殷勤的女人
和那打着鼾声的男子

请年轻的情人也起来

2- 字词解释

鸡埘（shí）：鸡窝。

和那些贪睡的少女

请叫醒困倦的母亲
和她身旁的婴孩

请叫醒每个人
连那些病者与产妇

连那些衰老的人们
呻吟在床上的人们

连那些因正义而战争的负伤者
和那些因家乡沦亡而流离的难民

请叫醒一切的不幸者
我会一并给他们以慰安

请叫醒一切爱生活的人
工人，技师以及画家

请歌唱者唱着歌来欢迎
用草与露水所掺合的声音

请舞蹈者跳着舞来欢迎
披上她们白雾的晨衣

请叫那些健康而美丽的醒来
说我马上要来叩打她们的窗门

请你忠实于时间的诗人
带给人类以慰安的消息

请他们准备欢迎，请所有的人准备欢迎
当雄鸡最后一次鸣叫的时候我就到来

请他们用虔诚的眼睛凝视天边
我将给所有期待我的以最慈惠的光辉

趁这夜已快完了，请告诉他们
说他们所等待的就要来了

【如何读诗】

诗歌列举了一系列需要被“叫醒”的人，请他们“欢迎”黎明的到来。这些人其实就是所有饱受苦难的人，所有爱生活的人，展现了诗人对劳苦大众的关切，他希望每一个人都能走出阴霾，迎接美好未来。

人民的城

内容速览

这首诗叙写了张家口的历史和现实，并对比了张家口解放前后两种完全不一样的城市风貌，表达了诗人对这座城市的热爱和对光明、和平、民主的追求。

阅读指南

- **诗歌阅读属性：**【细读】
- **阅读方法落实：**【如何读诗】朗读诗歌，感受诗歌排比句式带来的节奏感。品味诗歌字里行间透露出的乐观向上的力量。把握“张家口”这个城市背后的象征意义。
- **核心内容感知：**【品味情思】歌颂解放后城市的新生，和对光明、和平、民主的向往。

诗歌图解

人民的城

- **写作背景**：1945年8月23日，八路军解放张家口。此后，艾青离开延安，赴张家口开展文艺工作
- **结构**
  - 回到人民怀抱的张家口的新景象
  - 张家口苦难的过去
  - 解放后敌人土崩瓦解、狼狈逃窜的情景
  - 对解放后的张家口的歌颂
- **主要情感**
  - 对张家口这个城市的热爱和赞颂
  - 对解放后的新生活和光明、自由、民主的向往

原文阅读

老师有话说

1- 考点 情感分析

在一开始诗人就用"人民的城，/美丽的城"来赞美张家口，给诗歌奠定了欢快向上的情感基调。

【如何读诗】

"卫护着""唱歌""招呼""大笑"几个词赋予山、机器、汽笛、大卡车人的情态，展现了张家口一派欣欣向荣、富有生命力的景象，也表明人民的生活真正得到了改善，一切都充满了希望。

一

张家口 ——
人民的城，
美丽的城；[1]

山卫护着，
清水河流过，
没有沙漠，
电气开花，
机器唱歌；
工厂接连着工厂，
汽笛招呼着汽笛，
大卡车大笑着，
满载着货物，
驶进了栈房，
驶进了仓库。

长长的马路，
宽阔的马路，
市集的叫嚣，
人群的喧腾，
无数的车辆驶过，
汽车的喇叭吹叫着；

四面八方来的人们 ——
从无数乡村来，

从各个根据地来，
从各个解放区来，
带着愉快的呼吸，
带着新奇和感激，
从这条街走到那条街，
两眼看着新的景物。

今天我们在这里，
不像在别的城市，
感到陌生和不安，
感到疑虑和恐怖；
今天我们在这里，
好像在自己的家里，
可以自由自在地走着，
可以昂首阔步地走着……[2]

张家口——
人民的城，
美丽的城。

二

张家口，
有痛苦的记忆，
山也记得，
河水也记得，
老乡更记得：

2- 考点 情感分析

在张家口，人民不用“陌生和不安”“疑虑和恐怖”，只需要“自由自在”“昂首阔步”，因为我们已经将侵略者全部驱逐出去，现在的张家口是真正的属于人民的城市，诗人对此感到无比自豪和亲切。

敌人占领了华北，
“**派遣军**”3的刺刀
插进了张家口，
这里成了“战略基地”，
这里做了“反苏据点”，
无数的浪人来了，
机关都被敌人掌握，
物资都被敌人控制，
张家口成了粮站，
张家口成了火药库；

清水河流过张家口，
把城市分成两边，
一边叫西山坡，
一边叫东山坡——

西山坡上是旧城，
旧城里住的是中国人，
无数的小商人，
无数的苦力，
无数的穷人，
十几万市民，
都生活在敌人皮鞭的下面；

年轻人被绑走了，
牲口被拉走了，
珠宝被抢走了，
年老的病倒了，

3- 拓展知识

派遣军：日本侵华战争期间派遣到中国关内的侵略军，他们在中国犯下了罄竹难书的罪行。

【如何读诗】

这几段运用排比和复沓的手法，写出了敌人在张家口犯下的累累罪行，揭露了人民被剥削干净、身不由己、食不果腹，甚至失去生命的悲惨生活，展现了侵略者的残暴。

女人被糟蹋了；

又是“配给”，
又是“许可”，
又是捐，
又是税，
没有白面，
没有大米，
没有肉，
没有油，
都给敌人拿走了，
连血都快要抽干了；

西沙河的河滩，
变成了屠宰场，
好多老乡被砍头，
好多老乡被活埋，
沙滩上涂满了污血，
野狗和狼争吃着尸首，
成千成万的苦力，
被征用，
到市区的周围，
凿山洞，
建筑防御工事，
修飞机场，
挖防空壕，
造军火库，
造地下仓库，

等工程完了，
他们也完了，
尸首被投在清水河里……

三

而东山坡——
东山坡是“风景区”，
是公园，
是“神社”，
是“忠灵塔”的所在地，
有日本领事馆，
有“居留民”的住宅，
有“高等职员”的宿舍，
房屋是华贵的，
风景是幽美的；

造房子的是谁呢？
造房子的不是九州人，
不是四国人，
也不是**北海道**[4]人，
而是张家口的老百姓——
成千成万的人，
都为敌人忙碌，
在广阔荒凉的山坡上，
建造起千万幢房屋，
等一切都安排好了，
搬进去住的是日本浪人，

【如何读诗】

“神社”“忠灵塔”“居留民”“高等职员”这些侵略者使用的冠冕堂皇的词汇，与他们的恶行形成鲜明对比，展现了侵略者的残酷和虚伪。华贵的房屋、优美的风景是建立在被压迫的中国人民的血与泪之上的。

4- 拓展知识

北海道：与前面提到的九州、四国还有本州，是日本的四大岛。

和那些脸涂得粉白的妇女；

而张家口的老百姓，
他们一造好房子，
就不敢再从东山坡走过
只是站在西山坡上
带着忧愁和气愤
远远地看着东山坡……

这样的日子，
足足过了八年。

【如何读诗】

“足足”二字强调了时间之久，更体现了人们所受苦难之深。

四

去年八月，
八路军来了，
炮声震动山谷，
把敌人轰跑了！

“武士”们都逃了，
指挥刀也不要了，
饭也不吃了，
帽子也不戴了！

那些住宅里，
那些宿舍里，
地上丢着彩色的和服，
油漆彩画的木屐，

散着冈本和大田的名片，
美芙子给林三郎的“手纸”，
和一厚册一厚册的贴照簿，
在这些贴照簿里，
贴满了刽子手们的照片；

现在他们都完了 ——
无论是大佐，
无论是少尉，
无论是森大启，
无论是小冈村，
奖状和勋章都丢在地上；
有的逃了，
有的被捉住了，
有的死了，
死得这样不体面，
连骨灰也不能运回东京去；

还有那些北村英子，
美惠子、江藤春子，
梶谷蝶子、花代子，
除了留下脂粉盒子，
和卷发用的夹子，
就不再看见她们的影子。
(谁知道她们到哪儿去了呢？
听说有人看见她们，
在北平东城的胡同里，
打扮得“雍容华贵”，

在东安市场买东西。）

伪“蒙疆政府”[5]瓦解了——
德王逃走了，
李守信逃走了，
于品卿被枪毙了，
什么“司法部长”，
什么“高等法院院长”，
已关在监狱里，
都在用手指，
数着自己最后的日子。……

五

张家口，
解放了——
头上包着毛巾
穿着蓝布袄的农民，
在街上大摇大摆地走着；
工人们成群结队
大笑着走进了工会；
铁路的自卫队，
在街上操练；
妇女联合会在筹备
纪念今年的“三八”节。

所有的人都站起来，
所有的人都组织起来，

5- 拓展知识

伪“蒙疆政府”：日本帝国主义扶植蒙古族上层反动分子成立的傀儡政权。

和着军队，
和着政府，
守卫这人民自己的城。

人民的城，
一切为了人民。

列车运送着劳动人民，
自来水供给人民用水，
人民在广播电台说话，
报纸登载人民的事情，
戏院演的是人民的翻身，
监狱囚禁人民的仇敌，
法院审判人民的罪犯。

张家口——
美丽的城，
无数红砖的新式房屋，
无数立体建筑，
繁杂的电杆和电线，
和白色的磁瓶，
和如林的烟囱，
在晴空下
展开了都市的画幅……

乌黑的火车头，
冒出白色的烟，
拖着长长的列车，

【如何读诗】

张家口是“人民的城”，经历过种种，它已经不再仅仅是一个普通的城市，已成了光明的象征、和平民主的象征。

从城郊驰进车站，
杂色的人群，
突然涌到街上……

街上，
人们匆忙地走着，
走进工厂，
走进商店，
走进机关，
走进学校，
一切的人都朝着一个方向：
“建设民主繁荣的新张家口！”

张家口——
幸福的城，
没有饥饿，
不受欺负，
没有压迫，
没有恐怖，
工人增加了工资，
农民减少了租子，
商人没有苛捐杂税，
人人快乐，
日子过得很舒服！

张家口——
人民的城，

美丽的城，
幸福的城，
光荣的城！
人民的手建造的，
人民的血解放的，
人民的生命保卫的，
和平的城！

一九四六年二月二十六日

阅读思考

基础测评

❶ 本册中，艾青的长诗《＿＿＿＿＿＿》和《＿＿＿＿＿＿》借歌颂太阳、索求火把，表达了驱逐黑暗、坚持斗争、争取胜利的美好愿望，诗人也因此被称为“太阳和火把”的歌手。

❷ 下面有关艾青及《艾青诗选》的表述，有误的一项是（　　）

A. 在中国新诗发展史上，艾青是继郭沫若、闻一多等人之后又一位推动一代诗风并产生过重要影响的诗人，在世界上也享有盛誉。

B.《礁石》中“含着微笑，看着海洋”的礁石，象征着坚韧不拔、乐观自信的人们。

C.《艾青诗选》涵盖了诗人艾青各个时期的重要作品，主要描写土地、太阳、火把、黎明等具有象征意味的事物。

D.《我爱这土地》“为什么我的眼里常含泪水？因为我对这土地爱得深沉……”中的“我”指喻体“鸟”而并非代指诗人自己。

❸ “假如我是一只鸟，我也应该用嘶哑的喉咙歌唱：这被暴风雨所打击着的土地，这永远汹涌着我们的悲愤的河流，这无止息地吹刮着的激怒的风，和那来自林间的无比温柔的黎明……”选自《我爱这土地》，此节中分别描述了鸟儿歌唱的四个对象，它们的核心是（　　）

A. 土地　　B. 河流　　C. 风　　D. 黎明

❹《艾青诗选》里的“雪里钻”是（　　）

A. 一位战地记者　　B. 一匹战马

C. 一位团长　　D. 一个士兵

❺ 艾青是“土地的歌者”。请你从《艾青诗选》中列举出三首以“土地”为意象的诗歌，并分析其中一首诗歌里“土地”意象的作用。

＿＿＿＿＿＿＿＿＿＿＿＿＿＿＿＿＿＿＿＿＿＿＿＿＿＿＿＿＿＿

＿＿＿＿＿＿＿＿＿＿＿＿＿＿＿＿＿＿＿＿＿＿＿＿＿＿＿＿＿＿

＿＿＿＿＿＿＿＿＿＿＿＿＿＿＿＿＿＿＿＿＿＿＿＿＿＿＿＿＿＿

专题探究

聂华苓曾这样评价艾青的诗:“艾青的诗，好在那雄浑的力量，直截了当的语言，强烈鲜明的意象。”请结合艾青的诗歌，谈谈你对这条评价的理解。

参考答案

老师有话说

【考题链接1】

【答案示例】《刈草的孩子》一诗只选取了孩子在夕阳下割草的一个画面，“低着头”“弯曲着身子”“忙乱着手”等动作描写出了孩子的辛劳；草遮没了他的身子的对比，更突出了孩子的年幼。诗人并未过多延伸，但这一场景本身便足以以小见大，引发读者的思考：如此年幼的孩子便已经担负起生活的重任，人民生活的艰辛可见一斑。

【解析】本题考查赏析诗歌的能力。“怎样写，从怎样的角度看到世界”是指写诗的技巧、诗歌的主题。《刈草的孩子》一诗篇幅很短，但无论剪裁还是具体的写作，都有着很高的技巧。诗人有意地在诗中强调了孩子割草的动作、孩子与草的高低的对比，是为诗歌的主题服务的。同学们需要抓住诗人的意图，结合具体诗句进行分析。

【考题链接2】

【答案】“黎明”是黑暗过后的光明，它是光明的使者，它带光明给世界，带温暖给人类。当时的中国正值黑暗，等待解放，黎明象征着胜利的曙光、美好的新时代。

【解析】本题考查对诗歌意象和内容的把握。可结合诗句和当时社会背景，以及诗人对光明、胜利的向往，综合分析诗歌中“黎明”意象的内涵。

阅读思考

基础测评

1. 向太阳　火把

2. D　3. A　4. B

5. **【示例】**《我爱这土地》《雪落在中国的土地上》《复活的土地》

在《我爱这土地》一诗中，“土地”象征因为压迫贫穷落后、正在遭受灾难的祖国。这一意象中凝聚着诗人对脚下的土地，以及生于此长于此的同胞的热爱。

专题探究

【示例】“雄浑的力量”主要表现在诗歌的主题和情感上，艾青的诗歌常常书写对土地的热爱、对饱经忧患的民族和人民命运的关切，情感深沉，具有震撼人心的力量。同时动词的运用也展示了诗歌内在的力量，如《我爱这土地》以“打击”“汹涌”“吹刮”等词语，使人直观地感受到“土地”承受的苦难，表达了诗人内心的悲愤，呈现出雄浑的诗歌风格。“直截了当的语言”则主要表现在诗歌的散文美和口语化上，如《火把》通篇采用对话的方式，情感随着情节变换而变换，诗句仿佛火把透露出的灼热的光焰，直击人心；在《人民的城》中，诗人用直白朴素的语言赞美歌颂了张家口这座城市，直接地表达了对这座城的爱和对自由和平的赞美。“强烈鲜明的意象”也是艾青诗歌的重要特色，他喜欢使用“太阳”“黎明”“火把”这样具有强烈色彩的意象，如《向太阳》中，诗人借太阳这一鲜明的意象，表达了对美好、光明的向往和追求。

初中名著 高分计划

同步阅读测评手册

九年级

名著导读

×

模拟练习

×

中考真题

赠品

人民文学出版社

目录

《艾青诗选》

整本书导读

内 容 简 介

本书是中国现当代诗人艾青的诗歌选集，收录了包括《大堰河 —— 我的保姆》《我爱这土地》《鱼化石》等在内的四十余首诗，基本涵盖了艾青不同时期、不同风格的创作。艾青早期的诗风格深沉、忧郁，深切关注中华民族的坎坷命运和劳动人民的苦难，又以饱满的战斗精神和进取精神呼唤人民保卫国家的意识。1949年后，艾青开始各处游历，先后访问苏联、智利等，诗歌内容更为广泛。1957年，他被错划为“右派”，创作上也陷入沉寂。1976年后，艾青重回诗坛，他这一时期的诗歌更鲜明地表现出对自然、人生和社会的深刻思考。

作 者 简 介

艾青，原名蒋正涵，字养源，号海澄，中国现当代著名诗人、画家。代表作品有诗歌《大堰河 —— 我的保姆》《雪落在中国的土地上》《北方》《黎明的通知》等，另有散文集《绿洲笔记》，理论著作《新文艺论集》《诗论》等。

土地和光明的歌者

“土地”和“太阳”是艾青诗作中最重要的两个意象。“土地”象征着饱经磨难的祖国，凝结着艾青对祖国深沉炽热的爱。《我爱这土地》中，诗人借歌咏一只鸟，表达了愿与祖国生死相依的情感。另外，“土地”的意象还凝聚着诗人对生长在这片土地上的劳动者的关切。《雪落在中国的土地上》描绘了普通人在战争中遭受的苦难，体现出诗人的爱国情怀和悲悯之心。艾青的诗展示了最为朴素真实的人民生活，具有不朽的艺术生命力。“太阳”象征着光明和希望，蕴含着诗人对美好生活的孜孜以求。艾青被称为“太阳与火把”的歌手，他的长诗《太阳》《向太阳》借歌颂太阳，表达了以光明驱逐黑暗、以斗争获得胜利的心愿，更是歌颂了“太阳照耀下”的解放区里，东方巨人的苏醒和人性的自由。他的诗中饱含着希望，具有强烈的感染力。

模拟练习

1. “咳，就在如此寒冷的今夜，/ 无数的 / 我们的年老的母亲，/ 都蜷伏在不是自己的家里，/ 就像异邦人 / 不知明天的车轮 / 要滚上怎样的路程……/—— 而且 / 中国的路 / 是如此的崎岖 / 是如此的泥泞呀。”出自艾青的《______________》。

2. 下面有关艾青及《艾青诗选》的表述，有误的一项是(　　)

A. 在中国新诗发展史上，艾青是继郭沫若、闻一多等人之后又一位推动一代诗风并产生过重要影响的诗人，在世界上也享有盛誉。

B.《礁石》中“含着微笑，看着海洋”的礁石，象征着坚韧不拔、乐观自信的人们。

C.《艾青诗选》涵盖了诗人艾青各个时期的重要作品，主要描写土地、太阳、火把、黎明等具有象征意味的事物。

D.《我爱这土地》“为什么我的眼里常含泪水？ 因为我对这土地爱得深沉……”中的“我”指喻体“鸟”而并非代指诗人自己。

3. “但你是沉默的，/ 连叹息也没有，/ 鳞和鳍都完整，/ 却不能动弹；/ 你绝对的静止，/ 对外界毫无反应，/ 看不见天和水，/ 听不见浪花的声音。”出自艾青的《______________》。

4. 下列诗歌写于诗人“归来”后的是(　　)

A.《我爱这土地》　　B.《北方》

C.《雪落在中国的土地上》　　D.《光的赞歌》

中考真题

1.【2020 四川成都】如果要编一本《爱与痛的诗行 —— 艾青诗选》，下面四首艾青不同时期的代表作，哪两首更适合入选？(　　)

A.《鱼化石》　　B.《北方》

C.《刈草的孩子》　　D.《我爱这土地》

2.【2021 江苏宿迁】下列有关名著的表述正确的两项是(　　)

A.《骆驼祥子》中虎妞难产而死后，虽然小福子愿意与祥子过日子，但祥子因负不起养她两个弟弟和一个醉爸爸的责任，狠心拒绝了她。

B.《西游记》第七十六回中，悟空故意不扯救命索，让八戒被二魔象怪卷走，气得三藏大骂悟空无情无义，这体现了悟空自私狭隘的一面。

C.法布尔的《昆虫记》是研究昆虫的科普巨著。透过昆虫世界折射出关于人类社会与人生的思考。语言平实，通俗易懂，但缺少幽默感。

D.《艾青诗选》主题鲜明，意象丰富。其中“土地”凝聚着诗人对祖国母亲最深沉的爱，“太阳”表现了诗人对光明、希望的追求和向往。

E.《水浒传》善用“穿针引线”的方式构思情节，如晁盖派吴用报恩，引出宋江杀阎婆惜的故事；宋江避难柴进庄园，又引出武松的故事。

3.【2019浙江杭州】名著阅读。根据你对艾青诗歌的了解，选出不是评论艾青诗歌的一项（　　）

A.这是一首长诗，用沉郁的笔调细写了乳娘兼女佣（“大堰河”）的生活痛苦……我不能不喜欢《大堰河》。（茅盾）

B.归真返璞，我爱好他的朴素、平实，爱读他那用平凡的语言，自由的格式，不事雕琢地写出的激动人心的诗篇。（唐弢）

C.（他的诗）把我们从怀疑、贪婪的罪恶的世界，带到秀嫩天真的儿童的新月之国里去……它能使我们在心里重温着在海滨以贝壳为餐具，以落叶为舟，以绿草上的露点为圆珠的儿童的梦。（郑振铎）

D.在国难当头的年代，诗人歌唱“土地”具有格外动人的力量，而诗人那种不断转折和强化的抒情方式，当然也是和充满险阻坎坷的时代相吻合的。（孙光萱）

4.【2019甘肃天水】阅读名著片段，回答问题。

它以难遮掩的光芒／使生命呼吸／使高树繁枝向它舞蹈／使河流带着狂歌奔向它去／／当它来时，我听见／冬蛰的虫蛹转动于地下／群众在旷场上高声说话／城市从远方／用电力与钢铁召唤它

诗中的“它”指的是_________。本诗蕴含着诗人艾青对_________的向往和追求。

5.【2020吉林长春】阅读下面的诗句，按要求填空。

饥馑的大地／朝向阴暗的天／伸出乞援的／颤抖着的两臂。／／中国的苦痛与灾难／像这雪夜一样广阔而又漫长呀！／／雪落在中国的土地上／寒冷在封锁着中国呀……

（摘自《艾青诗选·雪落在中国的土地上》人民文学出版社）

艾青的诗歌创作在20世纪30年代达到了一个高峰，《雪落在中国的土地上》就是他这一时期的代表作。所选诗句借助＿＿＿＿＿＿这一意象，抒发了＿＿＿＿＿＿＿＿＿＿的情感。

6.【2019广西百色】阅读下面文字，按要求作答。

在你搭好了灶火之后，/在你拍去了围裙上的炭灰之后，/在你尝到饭已煮熟了之后，/在你把乌黑的酱碗放到乌黑的桌子上之后，/在你补好了儿子们的为山腰的荆棘扯破的衣服之后，/在你把小儿被柴刀砍伤了的手包好之后，/在你把夫儿们的衬衣上的虱子一颗颗的掐死之后，/在你拿起了今天的第一颗鸡蛋之后，/你用你厚大的手掌把我抱在怀里，抚摸我。

（1）选文出自中国现当代文学史上著名诗人＿＿＿＿的成名作《大堰河——我的保姆》。

（2）结合以上诗句，简要谈谈如何品读现代诗歌。

7.【2021山东烟台】20世纪30年代，艾青诗歌中的主要意象之一是“土地”。比较阅读下面两首诗歌（节选），填写表格。

我爱这土地（节选）

假如我是一只鸟，/我也应该用嘶哑的喉咙歌唱：/这被暴风雨所打击着的土地，/……//为什么我的眼里常含泪水？/因为我对这土地爱得深沉……

1938年11月17日

复活的土地（节选）

因为，我们的曾经死了的大地，/在明朗的天空下/已复活了！/——苦难也已成为记忆，/在它温热的胸膛里/重新漩流着的/将是战斗者的血液。

1937年7月6日

诗歌	“土地”的象征意义	诗歌表达的思想感情
《我爱这土地》		
《复活的土地》		

8.【2019内蒙古呼和浩特】艾青是“土地的歌者”。请你从《艾青诗选》中列举出三首以“土地”为意象的诗歌，并分析其中一首诗里“土地”意象的作用。

9.【2020江苏扬州】欣赏艾青的诗《礁石》，从下列两个任务中选择一个完成。

任务一：简析《礁石》中象征手法的作用。

任务二：以“荷”为题，运用象征手法，创作一首小诗，不超过四句（不含题目）。

礁石

一个浪，一个浪，/ 无休止地扑过来，/ 每一个浪都在它脚下 / 被打成碎沫、散开……// 它的脸上和身上 / 像刀砍过的一样 / 但它依然站在那里 / 含着微笑，看着海洋……

10.【2022江西】给艾青诗歌《刈草的孩子》做一个批注。

夕阳把草原燃成通红了。/ 刈草的孩子无声地刈草，/ 低着头，弯曲着身子，忙乱着手，/ 从这一边慢慢地移到那一边……// 草已遮没他小小的身子了——/ 在草丛里我们只看见：/ 一只盛草的竹篓，几堆草，/ 和在夕阳里闪着金光的镰刀……

参考答案

模拟练习

1. 雪落在中国的土地上　2.D　3. 鱼化石　4.D

中考真题

1.BD　2.AD　3.C

4. 太阳　光明（或未来）

5. 土地　诗人对苦难深重的中华民族深沉的忧患意识与悲凉

6.（1）艾青

（2）这首诗运用了排比、反复的修辞，增强语势，以“在你……之后”的句式突出表现了大堰河的辛劳和对孩子的疼爱，表达了“我”对大堰河深深的思念。

7.

诗歌	“土地”的象征意义	诗歌表达的思想感情
《我爱这土地》	民族精神的象征，中华文明的象征，祖国命运的象征	表达了诗人对祖国的依恋和深沉的爱，他决心与这片土地生死相依，始终不渝。
《复活的土地》	中华民族的觉醒，预言了抗日战争的来临	表现出诗人对民族命运的关切，表达了诗人对美好未来的憧憬和信心。

8.《复活的土地》《雪落在中国的土地上》《我爱这土地》等。

在《我爱这土地》一诗中，“土地”象征着贫穷落后、饱经磨难的祖国，表达了诗人对祖国深切的依恋和深沉的爱。

9.任务一：这首诗意蕴深刻，诗中“一个浪，一个浪，无休止地扑过来”象征着生活中遭遇的种种磨难，“像刀砍过的一样”说明磨难的伤害之大，在此情形下，礁石“依然站在那里”“含着微笑”，这象征着一种积极的人生态度。诗人借礁石的形象告诉我们要勇敢地面对生活中的各种挑战，不畏艰难，坚定乐观。

任务二：荷

风送来荷塘清香

亭亭的，她站在那里

脚下的淤泥沾染不了她的裙摆

一直挺立，哪怕有风雨

10.示例一：“燃”字用得好，写出了夕阳照射下草原一片通红的景象。

示例二：“低着头，弯曲着身子，忙乱着手”等动作描写十分精准，写出了孩子割草劳作的辛苦。

示例三：诗句中强调了“草已遮没他小小的身子了”，以草原的阔大反衬出孩子的渺小，体现出孩子割草的辛劳。

《水浒传》

整本书导读

内容简介

《水浒传》是我国第一部以农民起义为题材的长篇章回小说。全书主要讲述了北宋末年皇帝昏庸、奸臣当道，贪官污吏陷害忠良、横征暴敛、无恶不作，把整个国家搞得乌烟瘴气、民不聊生，致使很多好汉被迫落草为寇的故事。书内具体而生动地描写了以宋江为首的农民起义发生、发展直至失败的整个过程，塑造了一大批梁山好汉的英勇形象。这些好汉为反抗欺压，在水泊梁山以义气相呼应，攻州掠府、破庄拔寨、替天行道、反贪官不反皇帝，力量逐渐发展壮大，后来共有一百零八位英雄好汉齐聚山东梁山泊，提出“八方共域，异姓一家”的理想口号，梁山事业发展到顶点。第七十一回后，宋江带领众人接受朝廷招安，征辽、征方腊，但始终受奸臣排挤、打压和陷害。最终，众位英雄或死或伤，或见事远遁，幸存者寥寥，轰轰烈烈的水泊梁山就此化为云烟。

作者简介

《水浒传》的作者历来有争议，一般认为是施耐庵所著，罗贯中做了整理。施耐庵，著名小说家，其生平不详，一般认为他是元末明初钱塘（杭州）人。

《水浒传》书名的由来

相传，施耐庵完成的这本小说原名叫《江湖豪客传》。书写成后，施耐庵觉得书名欠佳。罗贯中建议他把书名改作《水浒传》，施耐庵觉得甚妙。“水浒”是水边的意思，有“在野”（即不在朝做官）的含义，符合水泊梁山的故事。“水浒”一词出于《诗经·大雅·绵》“古公亶父，来朝走马。率西水浒，至于岐下”，其诗叙说周文王祖父古公亶父率部族迁徙到岐山脚下，周王朝在此发展壮大的故事。这本书写梁山泊的英雄，叫它《水浒传》非常恰当。

模拟练习

1. 下列有关《水浒传》及“鲁提辖拳打镇关西”的解说，不正确的一项是(　　)

A. 鲁达找李忠、史进借盘缠赠金家父女，李忠摸出二两来银子，被鲁达嫌弃“不爽利”，侧面反映了鲁达慷慨大方、仗义疏财的性格。

B. 鲁达打死郑屠后几经辗转在少华山落草，最能表现“官逼民反”的主题。

C. 金老去“城外远处”雇车，店小二收了房钱仍不肯放人，侧面写出了郑屠平日的凶蛮霸道。

D. 鲁智深打死郑屠后，一边骂郑屠诈死，一边拔腿就走，表现了鲁智深粗中有细的性格。

2. 下面人物和情节对应不正确的一项是(　　)

A. 杨志 —— 汴京城卖刀

B. 柴进 —— 棒打洪教头

C. 鲁智深 —— 倒拔垂杨柳

D. 林冲 —— 误入白虎堂

3. “万卷经书曾读过，平生机巧心灵。六韬三略究来精。胸中藏战将，腹内隐雄兵。谋略敢欺诸葛亮，陈平岂敌才能。略施小计鬼神惊。”这首诗赞美的是(　　)

A. 晁盖　　B. 吴用　　C. 宋江　　D. 公孙胜

4. 根据原著情节填空。

(1) 知县差朱仝、雷横捉拿宋江，________有意放走宋江，宋江到________庄上躲避，撞见正发疟疾烤火的________。

(2) 宋江因为把________落在阎婆惜处，争执中杀了阎婆惜，遭到官府捉拿，他逃脱官府追捕后，和其弟宋清，一起逃离家乡。

中考真题

1. 【2022 四川广元】《水浒传》中有很多围绕“智”刻画的情节，请根据提示将内容补充完整。

①吴用智取__________(物品)

②宋江智取__________(地点)

③__________（人名）智扑擎天柱

2.【2022山东潍坊】金圣叹评点《水浒传》说："叙一百八人，人有其性情，人有其气质，人有其形状，人有其声口。"请阅读下面的材料，任选一个角度，结合小说写一段赏析性文字。

郑屠当不过，讨饶。鲁达喝到："咄！你是个破落户，若是和俺硬到底，洒家倒饶了你！你如何对俺讨饶，洒家偏不饶你！"又只一拳，太阳上正着，却似做了一个全堂水陆的道场，磬儿，钹儿，铙儿一起响。鲁达看时，只见郑屠挺在地下，口里只有出的气，没了入的气，动弹不得。鲁提辖假意道："你这厮诈死，洒家再打。"只见面皮渐渐的变了。鲁达寻思道："俺只指望痛打这厮一顿，不想三拳真个打死了他。洒家须吃官司，又没人送饭，不如及早撒开。"拔步便走，回头指着郑屠尸道："你诈死！洒家和你慢慢理会。"一头骂，一头大踏步去了。

（节选自《水浒传》第三回《鲁提辖拳打镇关西》）

3.【2020浙江绍兴】《水浒传》中有很多与"酒"有关的故事。请仔细阅读下表，完成探究任务。

人物	故事	酒与故事的关联	探究发现
①____	大闹五台山	酒令好汉狂	通过对这几个经典片段的探究，发现小说多处写"酒"有如下作用： （1）________ （2）________
杨志	②______	酒误好汉差	
武松	景阳冈打虎	③______	
④____	浔阳楼吟反诗	酒添好汉愁	

4.【2022新疆】《水浒传》中有关宋江的情节，按先后顺序排列正确的一项是（　）

①阎婆大闹郓城县，朱仝义释宋公明

②及时雨会神行太保，黑旋风斗浪里白条

③美髯公智稳插翅虎，宋公明私放晁天王

④武行者醉打孔亮，锦毛虎义释宋江

⑤张顺凿漏海鳅船，宋江三败高太尉

A.①③②⑤④　　B.④③①⑤②

C.②①⑤④③　　D.③①④②⑤

5.【2022天津】《水浒传》中，林冲是被逼上梁山的典型。他从最初的委曲求全、逆来顺受，到最后的忍无可忍、奋起反抗，体现了"官逼民反"

的主题。请结合相关情节，分析林冲是如何被一步步逼上梁山的。

6.【2022山东威海】通过分析《水浒传》中鲁智深、史进、李逵、武松等人物形象，可以归纳出中国早期长篇白话小说在塑造人物形象上的特点是________________。

7.【2022辽宁盘锦】小说离不开情节，情节离不开矛盾冲突，矛盾冲突在小说中是必不可少的因素。请你任意选取以下名著中发生矛盾冲突的一组人物，概括相关故事情节。

备选人物：

《水浒传》杨志和晁盖一行人

《红岩》成岗和徐鹏飞

《骆驼祥子》祥子和孙侦探

《西游记》孙悟空和唐僧

一组人物：________________

矛盾冲突的情节：________________

参考答案

模拟练习

1.B　2.B　3.B

4.（1）朱仝　柴进　武松　（2）招文袋

中考真题

1.① 生辰纲　② 润州城（无为军、宁海军、清溪洞）③ 燕青

2.这段文字从动作、语言、心理等方面刻画和突出了鲁智深的形象。如鲁智深说“你是个破落户”，“又只一拳，太阳上正着，却似做了一个全堂水陆的道场”，表现了他对镇关西欺男霸女的恶行的厌恶（疾恶如仇）；他及时关注到镇关西面皮颜色变了，寻思一番决定“及早撒开”，体现了他的粗中有细；为了稳住局面，拖延时间，他一边迅速离开，一边指着郑屠尸体说“你诈死”，这体现了他的机智与权变。

3.① 鲁智深　② 丢失生辰纲/生辰纲被劫　③ 酒助好汉威/酒壮好汉胆　④ 宋江（1）丰富故事内容，推动情节发展（2）塑造人物形象，凸显人物性格

4.D

5.高衙内调戏林冲的妻子，林冲虽然闷闷不乐，但碍于高俅的权势忍气吞声，不曾追究;林冲被高俅设计陷害，带刀误入白虎节堂，赖府尹周全，判他刺配沧州，他接受了这一现实;董超、薛霸二人受陆虞候指使，在野猪林险些害了林冲性命，幸得鲁智深相救脱险，林冲息事宁人，保全了董、薛二人;来到沧州后，林冲从李小二口中得知陆虞候等人来到此地，密谋要害他，十分愤怒，去街上买了把解腕尖刀，在街上到处寻陆虞候;在山神庙，林冲听到陆虞候等人火烧草料场害他的奸计，思及自己侥幸死里逃生，不愿再忍，走投无路的他杀了三人，雪夜上梁山。

6.人物形象有类型化的倾向，但在此基础上又能做到各有特点。

7.《水浒传》杨志和晁盖一行人。 矛盾冲突的情节：杨志受梁中书委托，押送生辰纲到东京为蔡京祝寿。晁盖一行人分别扮作贩枣商人和卖酒的，在黄泥冈施计劫走了这批财物。杨志无法交差，流落江湖，后来去青州二龙山落草。

《儒林外史》

整本书导读

内 容 简 介

《儒林外史》是我国古代讽刺文学的典范性作品。全书共五十六回，采用“连环短篇”的结构方式，由一个个相对独立的故事连缀而成。主要描写封建社会后期知识分子及官绅的活动和精神面貌，成功塑造了生活在封建末世和科举制度下的封建文人群像。反映了封建社会末期腐朽黑暗的社会现实，批判了以八股取士的科举制度。

作 者 简 介

吴敬梓，清代小说家，字敏轩，号粒民，晚号文木老人、秦淮寓客，安徽全椒人。清朝著名小说家之一。著有《文木山房集》、《文木山房诗说》、小说《儒林外史》等。

吴敬梓与杜少卿

吴敬梓生于一个“科第仕宦多显者”的世家大族，曾祖父和祖父辈两代人中就有六名进士，其中榜眼、探花各一名。吴敬梓从小就显露出很好的禀赋和才气，二十岁左右考取了秀才。后父亲过世，由于族人的争夺，吴敬梓丧失了一部分财产，再加上性情豪阔，慷慨好施，不久就家境败落了。于是他搬去了南京，或靠亲友周济度日，或靠典衣卖文为生。乾隆元年（1736），被举荐参加博学鸿词科廷试，托病不赴，穷困以终。他历经了世态炎凉，看透了八股取士制度，也就是在这样的条件下完成了《儒林外史》。《儒林外史》中的杜少卿的形象带有吴敬梓的影子。杜少卿在作品中就是以破落的仕宦之家的子弟出场的，他轻视功名富贵，不受礼法约束。巡抚推荐他去京做官，他托病推辞。他仗义疏财，来者不拒，由于家财散尽移居南京，靠典当卖文为生。这些特点都与作者吴敬梓的人生经历极其相似。

模拟练习

1. 下面属于作者塑造的正面的理想的人物是（　　）

A. 周进　　B. 汤奉　　C. 荀玫　　D. 王冕

2. 鲁迅先生特别推许“马二先生游西湖”段落，认为其能够写出“迂儒之本色”。请你结合马二先生相关情节，谈谈“迂儒之本色”的含义。

3. 鲍文卿在《儒林外史》中是为数不多的正面形象之一，请结合相关情节概括鲍文卿的义举，并分析作者为什么要塑造这样的一个人物。

4.《儒林外史》中杜少卿是以作者为原型塑造的，迟衡山评其为“自古及今难得的一个奇人”。请结合相关情节简要分析他的“奇”表现在哪些方面。

中考真题

1.【2019湖北孝感】选出下列对作家作品的解读不正确的一项（　　）

A. 法国作家凡尔纳自幼热爱海洋，向往远航探险。正是由于凡尔纳无限的好奇心和丰富的想象力，《海底两万里》才得以呈现在读者面前。

B.《儒林外史》中作者吴敬梓把王冕的故事作为全书的“楔子”，是以王冕为例，揭示功名利禄对读书人灵魂的毒害，表达了其对封建科举制度的批判。

C. 当我们读到《艾青诗选》中“当黎明穿上了白衣的时候，/田野是多么新鲜！”这样鲜活的诗句时，我们不仅惊叹其非凡的想象力，还从内心激起了对“黎明”和“希望”的巨大渴望。

D. 法布尔的《昆虫记》为我们展示了许多昆虫的另一面：勤劳的蚂蚁竟然是残暴的掠夺者；看似笨拙的圣甲虫，竟是个能工巧匠；看似恶毒的朗格多克蝎，却对自己的孩子关爱有加……

2.【2022湖南常德】严监生是《儒林外史》中一个复杂而立体的人物形象，他有吝啬的一面，也有卑微可怜的一面，还有慷慨与不乏人情味的一面。他临死的时候把手从被单里拿出来，伸出两根手指头的意思是（　　）

A. 灯盏里点了两茎灯草，太费油

B. 还有两个亲人，不曾见面

C. 两位舅爷不在跟前，非常挂念

D. 还有两笔银子，未曾吩咐明白

3.【2022贵州贵阳】文学名著中有不少女性人物的形象，下面名著片段中评价的女性人物形象是《儒林外史》中的（　　）

我看这个女人实有些奇……若是说他[1]是人家遣出来的婢妾，他却又不带贱气。看他虽是个女流，倒有许多豪侠的光景；他那般轻倩的装饰，虽则觉得柔媚，只一双手指却像讲究勾、搬、冲[2]的。论此时的风气，也未必有车中女子同那红线[3]一流人。却怕是负气斗狠，逃了出来的。

【注释】① 他：这里指“她”。② 勾、搬、冲：武术用语。③ 车中女子、红线：都代指智勇双全的侠女形象。

A. 鲁小姐　　B. 杜少卿娘子　　C. 沈琼枝　　D. 王冕的母亲

4.【2022浙江宁波】读《儒林外史》中重复出现的“帽子”。请从下面两句中任选一句，为句中的人物选择相应的帽子，并结合人物身份或人生追求说明理由。

（1）遇着花明柳媚的时节，把一乘牛车载了母亲，他（王冕）便戴了________，穿了阔衣，执着鞭子，口里唱着歌曲，在乡村镇上，以及湖边，到处顽耍……

（2）（周进）头戴一顶________，身穿元色绸旧直裰，那右边袖子同后边坐处都破了，脚下一双旧大红绸鞋，黑瘦面皮，花白胡子。

【备选帽子】旧毡帽　高帽

我选第________句作答，________（人名）戴的帽子是________，理由是________________________。

5.【2022云南昆明】打开《儒林外史》，我们发现匡超人的变化与他结交的朋友有关。请你从下面匡超人的朋友圈中选择一人，结合相关情节，说说此人对他的影响。

A. 马二先生　　B. 景兰江　　C. 潘三

我选：________（填字母）。________________________

6.【2022江苏徐州】小语所在的班级开展《儒林外史》研读实践活动，设计了以下活动内容。

活动一：《儒林外史》课本剧表演。

他们对原著内容进行了改编，下面是改编后的部分剧本内容：

第 一 幕

严贡生　实不相瞒，小弟只是一个为人率真，在乡里之间，从不晓得占人寸丝半粟的便宜，所以历来的父母官，都蒙相爱。

一个蓬头赤足的小厮，走了进来。

小　厮　　老爷，家里请你回去。

严贡生　　回去做甚么？

小　厮　　早上关的那口猪，那人来讨了，在家里吵哩。

严贡生　　他要猪，拿钱来。

小　厮　　他说猪是他的。

严贡生　　我知道了，你先去罢，我就来。

第　二　幕

王小二　　冤枉啊，冤枉啊，请大人替我们做主！

知　县　　带上来！

王小二　　大人有所不知，那口猪，原是______________。现在猪长大了，又错跑到严家。我哥去讨猪，严贡生又要按市值估价，必须拿银子才能把猪领回。我们是穷人家，哪有银子，就同他争吵了几句，却被他的几个儿子，拿闩门的闩，擀面的杖，打了一个臭死，我哥的腿都被打折了，睡在家里，所以小二来喊冤。

（1）请你以王小二的口吻为第二幕空白处补写恰当的内容。

（2）以上选编情节极具讽刺性，请进行具体分析。

活动二：《儒林外史》中的兄弟形象研究。

（3）小语在阅读中对严氏兄弟特别感兴趣，他提出了这样一个疑问：严贡生和严监生是同胞兄弟，书中却写了他们的家庭矛盾，有何作用？请结合原著内容进行探究。

7.【2021四川自贡】结合《儒林外史》整本书阅读，完成下面的题目：

（1）第一回的主要人物是王冕，但是王冕与小说后面章节的人物关联不大，作者为什么要在小说的开端用一章来写他呢？

（2）《儒林外史》以功名富贵为核心：有醉心功名迂腐可笑者；有心艳功名泯灭人性者；有依仗功名而假意清高者；有假托无意功名自命清高被人看破耻笑者；也有辞却功名释放个性者。以下人物属于哪种人？请任选一人结合小说情节加以简述。

周进　　杜少卿　　匡超人

参考答案

模拟练习

1.D

2.马二先生作为一个读书人，对西湖美景麻木不仁，他的审美感贫乏浅薄可见一斑。马二先生对仁宗皇帝的御书诚惶诚恐，拜了又拜，可见科举制度对他影响之深。当听到众人谈论李清照、苏若兰、朱淑真等才女时，他既不知道这些才女是谁，也对与功名举业无关的事情不感兴趣，这说明八股取士对读书人的学识、眼界和思想造成了禁锢，也说明他的价值取向完全是八股科举制度的产物。这种价值取向反映了他的“迂儒之本色”。

3.鲍文卿是小说中为数不多的正面人物之一，是按察司门下的一个戏子，他虽身份卑贱却有君子之德，宽厚仁慈，坚守节操，重义轻利。他出于对斯文人才的敬仰，帮助了不曾谋面的向知县；在向知县拿五百两银子酬谢时，又坚辞不受；当穷苦秀才倪老爹因衣食欠缺只能再卖一子时，鲍文卿挺身而出，收养了倪家的小儿子倪廷玺；安庆府的书办想以五百两银子托鲍文卿办事，但鲍文卿坚决拒绝了。作者塑造此形象的目的是将他与一些为了功名富贵而迷失自我的儒林士子做对比，更具有讽刺意味。

4.① 淡泊功名，傲视权贵，他虽然出身大官僚地主家庭，却出淤泥而不染，不热衷功名，反对八股科举，不愿做官，思想中有某些民主主义的成分；② 尊重妇女，讲求地位平等，不顾封建礼法的束缚，以平等身份对待妻子，反对“三从四德”，拉着妻子游山饮酒，主张一夫一妻；③ 乐于助人，扶危济困，帮助过杨裁缝、鲍廷玺、张俊民等人，尚义任侠，即使自己生活极为贫困，也不改乐于助人的性情。

中考真题

1.B　　2.A　　3.C

4.示例一：我选第（1）句作答，王冕戴的帽子是高帽，理由是王冕是一个文人，他品行高洁，不随流俗，仰慕屈原的为人。　示例二：我选第（2）句作答，周进戴的帽子是旧毡帽，理由是周进虽苦读几十年，但仍然是个童生，穷困潦倒，生计艰难。

5.示例一：我选 A。马二先生资助穷困潦倒的匡超人回乡，让他看望重病的父亲，还一再劝说匡超人要以读书举业为主，只有这样才能光宗耀祖。

在马二先生的影响下，匡超人踏上了科考之路。 示例二：我选B。景兰江带匡超人参加诗会，匡超人听到西湖名士们的言谈，才知道读书人在考科举外，做名士也是一条进身之路。这让他对名利心生艳羡。 示例三：我选C。潘三让匡超人少和那帮名士来往，多做点能得到实际利益的事。他带匡超人围观赌钱，让他伪造文书、替人考试。在潘三的引诱下，匡超人一步步丢掉了做人的底线，走上作奸犯科的道路。

6.(1)严贡生家的，跑到我家，他说猪跑到人家再寻回来最不利市，让我们出钱买。

(2)运用了对比的手法来表现讽刺性。严贡生标榜自己"为人率真""从不晓得占人寸丝半粟的便宜"，这句话还未说完，便马上表演了一出讹诈乡邻钱财的丑剧。这种言行相悖（言行矛盾）的对比，突出了他的虚伪、贪财和残暴。讽刺力度可谓入木三分。

(3)严监生花钱帮助严贡生了结官司，严贡生却在严监生死后霸占弟弟的家产。这种描写使人物形象更加鲜明，讽刺了贪图钱财、六亲不认、心狠手辣的严贡生。同时，这种家庭矛盾也以小见大地反映出追逐功名富贵、金钱至上的社会现实，深刻地揭露了封建科举制度对人情、人性的侵蚀。

7.(1)第一回先写王冕这样一个行为高洁的隐士，后面章节再写纷纷乱乱的儒林官场。王冕与后文那些被科举制度引入歧途的追名逐利之辈形成了鲜明的对比，寄托了作者的理想。

(2)示例一：周进六十多岁仍然是个童生，在生计艰难的情况下依然不愿意放弃科举。他恳求别人带他参观省城贡院，进去后一头撞在号板上，苏醒后满地打滚，放声痛哭。几个商人得知原委，答应每人拿出几十两银子，让他纳监进场。周进道："若得如此，便是重生父母，我周进变驴变马也要报效！"爬到地下就磕了几个头。由周进的表现来看，他是"醉心功名迂腐可笑者"。

示例二：杜少卿作为一个读书人，不愿入仕，装病辞却征辟；他不受礼法拘束，携着妻子的手游山，支持逃婚抗婚，反对纳妾。他是"辞却功名释放个性者"。

示例三：匡超人始终对功名富贵念念不忘。他结识恶霸潘三之后，为了利益，将读书人的操守抛诸脑后，假造文书，冒名替考，走上了作奸犯科之路。在潘三下狱之后，他又只知自保，忘恩负义，停妻再娶。他是一个"心艳功名泯灭人性者"。

《简·爱》

整本书导读

内 容 简 介

《简·爱》是英国作家夏洛蒂·勃朗特所著的一部带有自传色彩的长篇小说。作品采用第一人称的叙事方式，讲述了出身寒微、父母双亡的孤女简·爱，为维护人格尊严，追求平等、纯粹的爱情而挣扎奋斗的故事，表现了女性在冷酷现实面前勇于抗争、顽强不屈的奋斗精神。小说成功地塑造了简·爱这一独特的女性形象，虽然她孤苦无依，相貌平凡，但自尊自爱，内心强大，有着美好而高尚的人格魅力。这个人物颠覆了英国传统文学中女性温柔可爱、逆来顺受的固有形象，被后世视为现代女性的先驱。

作 者 简 介

夏洛蒂·勃朗特（1816—1855），英国女作家，出身于贫穷的牧师家庭，曾就读于条件简陋、学业枯燥的寄宿学校，当过家庭教师。《简·爱》（1847）是她的成名作和代表作，其他作品还有长篇小说《谢利》《维莱特》《教师》等。

英国文坛传奇 —— 勃朗特三姐妹

勃朗特三姐妹是指19世纪英国著名的三位女作家：夏洛蒂·勃朗特、艾米莉·勃朗特和安妮·勃朗特。她们的母亲很早过世，父亲派屈里克·勃朗特是个牧师，学识渊博但收入很少。姐姐夏洛蒂·勃朗特写有著名的长篇小说《简·爱》，这部描写女性争取爱情与人格独立的作品，在当时引起极大的轰动，马克思曾给予高度评价，称作者是“现代英国一派生气的小说家”。妹妹艾米莉·勃朗特天分极高，她创作了大量的抒情诗，并以唯一一部小说《呼啸山庄》驰名文坛，被誉为英国19世纪文学史中最奇特的女作家之一。最小的安妮·勃朗特创作了一部很有深度的、优秀的现实主义长篇小说《艾格妮斯·格雷》，塑造了一个未经世事、追求完美，同时又自立自尊的女性形象，至今仍受到文学爱好者的青睐。

模拟练习

1. 下列关于简·爱的说法，不正确的一项是（　　）

A. 简·爱的父亲是个穷教士，母亲是个富家小姐，他们不顾世俗的反对结合在一起，又在简·爱年幼时双双离世。

B. 里德家的每一个人都讨厌简·爱，包括已经离世的里德舅舅。

C. 10岁以前的简·爱不知道反抗不公正的待遇，对于外界的欺辱，她总是逆来顺受。

D. 在盖茨黑德府，简·爱经常受欺负，连用人都瞧不起她。

2. 下列说法不正确的一项是（　　）

A. 洛伍德学校是一所慈善学校，学生在这里上学是免费的。

B. 洛伍德学校的院长是个冷酷的伪君子，他用种种办法从精神和肉体上摧残学生。

C. 谭波尔小姐是洛伍德学校的学监，她善良正直，称职尽责。

D. 斯凯丘小姐不能容忍彭斯邋遢的毛病，经常惩罚她。

3. 简·爱扑灭火灾救了罗切斯特，但罗切斯特却说并不觉得欠简·爱的恩惠是一种负担。你是如何理解的？

4. 下列哪个选项不是圣约翰认为简·爱能胜任传教士工作的理由（　　）

A. 简·爱既能管束，又能赢得人心。

B. 钱财对简·爱没有过分的影响力。

C. 孜孜不倦地坚持学习，用毫不松懈的努力和毫不动摇的坚韧对付种种困难。

D. 没有亲人，可以毫无牵挂地去印度传教。

中考真题

1.【2020贵州贵阳、安顺】《简·爱》中，简来到桑菲尔德庄园的第一天晚上，见到了（　　）

A. 费尔法克斯太太　　B. 巴扎诺娃医生

C. 邻居衍太太　　D. 保姆大堰河

2.【2021新疆】阅读《简·爱》的片断，完成题目。

“…… 教师和学生们会有一两天用冷淡的眼光看你，但是他们心底里却暗暗对你抱着友好的感情，而且只要你继续好好努力，用不着多久，这种感情正因为暂时受到抑制，反而会更加明显地表示出来。……”

“即使世上的人都恨你，相信你坏，只要你自己问心无愧，知道自己是无辜的，你就不会没有朋友。”

选文中的这两段话是谁说的？（ ）

A. 海伦·彭斯 B. 勃洛克赫斯特 C. 罗切斯特 D. 谭波尔小姐

3.【2018河北】请简述在洛伍德学校发生传染病疫情时简·爱与好友海伦·彭斯之间感人至深的故事情节。

4.【2018甘肃天水】阅读名著片段，回答问题。

“婚礼不能继续举行，我宣布存在着障碍！”

牧师抬起头来望着说话的人，张口结舌地站在那儿。……罗切斯特先生微微动了一下，仿佛脚下发生了一次地震似的……

——《简·爱》

这是罗切斯特和简·爱在教堂举行婚礼时出现的一场风波。从国外赶回英国阻止这场婚礼举行的人是__________，选段中的“障碍”指的是__________。

5.【2022四川眉山】了瞻中学开展“演绎名著·再现经典”戏剧表演活动，学校拟征集《简·爱》的改编创意。下面是小娟同学拟写的部分剧情提纲。请参照示例，结合小说内容，将提纲补充完整。

第一幕《艰难成长》自幼父母双亡，寄居舅妈家的简·爱饱受欺辱，被送孤儿院求学又遇不公正待遇，简·爱在倔强抗争中成长。

第二幕《重写命运》______(1)____________________

第三幕《______(2)______》简·爱遵从内心终于找到罗切斯特，尽管他已经失去健全的身体和巨额的财产，但简·爱依然选择与他相守。

6.【2021山东淄博】小说《简·爱》讲述了贫苦孤女简·爱为寻求人格独立、爱情和尊严而挣扎奋斗的故事。在她成长的不同阶段，有不少人温暖了她的心灵，对她产生了积极影响。请从以下人物中选一个，结合具体情节或事件加以分析。

A. 海伦·彭斯 B. 玛利亚·谭波儿 C. 罗切斯特

7.【2019湖北荆州】阅读选段，回答问题。

那位教师立刻用这束树枝朝她颈背上狠狠抽打了十几下。彭斯的眼里没有涌出一滴眼泪。我目睹着这一场面，不由得升起了一股徒劳无益的怒火，气得双手直发抖，只得停下手中的活儿，可是她那张若有所思的脸上，却神色如常，没有一点变化。

“倔脾气的姑娘！”斯凯契德小姐嚷道，“你那邋遢习惯怎么也改不了啦。把扫帚拿走！”彭斯遵命照办了。当她从藏书室里出来时，我仔细朝她打量着。她正把自己的手绢放回口袋，瘦削的脸颊上还有一丝泪痕在闪闪发光。

……

“很了不起。人家对你好，你也对人家好，这正是我一直想要做到的。要是大家对那些残暴不公的人一味宽容顺从，那坏人就要任着性子胡来了。他们就不再有什么顾忌，也就永远不会改好，反而会越来越坏。当我们无缘无故挨打时，我们一定要狠狠回击。我要说我们一定得这样——要狠狠回击，好好教训教训打我们的那个人，要他永远不敢再这样打人。”

“我想，等你长大一点，你会改变这种想法的。眼下你到底还是个没有受过什么教育的小姑娘。”

“不过，我是这样想的，海伦。有的人，不管我怎么想讨他们喜欢，他们还是一个劲地讨厌我，对这种人，我不能不讨厌。还有，对那些毫无道理地责罚我的人，我一定要反抗。这是很自然的事，正如有的人爱我，我也会爱他，或者我自己认为该受罚，我就心甘情愿地受罚。”

“最能克服仇恨的并不是暴力，最能医治创伤的也不是报复。”

（节选自《简·爱》第六章）

（1）阅读文中画横线的句子，从表现手法的角度说说你的发现。

（2）读文中画波浪线的句子，说说简·爱的言辞中折射出她怎样的生活经历。

8.【2022浙江台州】金钱就像一面镜子，可以照出人的灵魂。请结合名著内容，谈谈简·爱对金钱的态度。

参考答案

模拟练习

1.B　　2.A

3. 罗切斯特先生很高兴欠简·爱人情，因为这是一种牵绊，一种把他们两个人绑在一起的纽带。他愿意和简·爱有不寻常的、深刻的关系。这句话也表现出罗切斯特先生对简·爱产生了感情。

4.D

中考真题

1.A　　2.A

3.在好友海伦·彭斯生命垂危之际，简·爱偷偷去看她，表达对她的担心与关心，与她推心置腹，相拥而眠。第二天醒来时，海伦已经安然离世。

4.梅森先生　　罗切斯特已有妻子，她目前还活着

5.（1）简·爱谋得教职，在桑菲尔德庄园任家庭教师。在此过程中，她与男主人罗切斯特相识、相恋，在得知罗切斯特有个疯妻子时，她选择离开。（2）收获幸福

6.示例一：选A。海伦是简·爱在寄宿学校最好的朋友。面对生命中的种种不公，海伦坚守着自己的信条——温和、宽容、忍耐、以德报怨。在简因为勃洛克赫斯特先生不公正的指控和惩罚感到羞耻的时候，是海伦的眼神给了她力量和鼓舞。

示例二：选B。谭波儿小姐善良公正，在简·爱受到勃洛克赫斯特先生的污蔑和惩罚时，她耐心地引导和倾听简的自辩，并帮助她在全校师生面前洗清冤屈。她温柔善良，知识渊博，对简·爱来说，她充当了母亲、家庭导师、朋友的三重身份。

示例三：选C。与罗切斯特先生的交往让简·爱进一步成熟起来，她获得了尊重、陪伴和平等而热烈的爱情，她的自我意识和独立精神也愈发坚定。从离开已有妻子的罗切斯特，到决定与残疾的罗切斯特长相厮守，简·爱经受住了心灵的考验，最终得到了自己理想的幸福生活。

7.（1）这句话运用了对比的表现手法，面对教师的惩罚，身为旁观者的“我”是愤怒的，而当事人彭斯却神色平静，这突出表现了彭斯忍耐与宽容的性格。

（2）寄住在舅妈家的简·爱无论怎样做，都无法获得这一家人的喜爱和真诚友善的对待，表哥总是欺负她，舅妈总是打击她，简·爱对他们充满了讨厌怨恨。

8.简·爱并不看重金钱。她的叔叔给她留了两万英镑的遗产，但她决定把这些钱和表哥、表姐平分；她回桑菲尔德庄园找罗切斯特时，发现庄园已被烧毁，但她依然选择和失去财富的罗切斯特结婚。

艾青诗选

艾青
著

王晓
编选

3

人民文学出版社

目录

本册导读

本册基本信息

本册是整本书的第三分册，收录的是艾青在新中国成立后创作的诗歌。1957年，艾青被错划为“右派”，从此沉寂了二十一年。“归来”后的艾青，诗歌的题材范围更为广阔，情感更加深沉，思想也更加深刻，极富哲理，同时，创作上大量运用象征的手法，诗歌风格愈发朴素单纯、清新明快。

阅读计划自检

开始阅读时间

_____年_____月_____日

实际结束时间

_____年_____月_____日

阅读所用时长
（建议时长：1周）

_____天

阅读感受

- ☐ 轻轻松松读完，无压力，意犹未尽
- ☐ 能在建议时长内读完，并且读懂了
- ☐ 稍有些拖沓，理解起来不是很顺利
- ☐ 时间太短了，没有读完而且没看懂

扫码听名师说书

维也纳[1]

内容速览

这首诗用细腻的语言描绘了维也纳这座城市的现状，表达了对这座美丽的城市的深切同情。

阅读指南

- **诗歌阅读属性：**【细读】
- **阅读方法落实：**【如何读诗】朗读诗歌，感受诗歌中独具匠心的构思。品味诗歌中大量的拟人和比喻带来的感染力。体会诗人对维也纳这座城市处境的理解。
- **核心内容感知：**【品味情思】诗人对维也纳这座城市的同情和悲哀。

诗歌图解

- **维也纳**
  - **写作背景**：第二次世界大战后，奥地利被苏、英、法、美四国分区占领，首都维也纳也不例外。1954年，诗人访问南美，途经维也纳，对这座城市、这个国家的命运感到悲哀
  - **结构**
    - **对维也纳现状的比喻**
      - 患了风湿症的少妇
      - 坏了的钢琴
      - 有半盘已经腐烂了的樱桃
    - **对维也纳的同情**
      - 莫扎特铜像前的喷泉流的是眼泪
      - 街道荒凉没有生机
    - **对维也纳的美好祝愿**
  - **主要情感**：对维也纳的同情与悲哀和对这座城市的美好祝愿

原文阅读

维也纳，你虽然美丽
却是痛苦的，
像一个患了风湿症的少妇
面貌清秀而四肢瘫痪。

维也纳，像一架坏了的钢琴，
一半的键盘发不出声音；
维也纳，像一盘深红的樱桃，
但有半盘是已经腐烂了的。[2]

星星不能只半边有光芒，
歌曲不能只唱一半；
自由应该像苹果一样——
鲜红、浑圆是一个整体。

我的心啊在疼痛，
莫扎特铜像前的喷泉
所喷射的不是水花
而是奥地利人民的眼泪；
再伟大的天才
也谱不出今天维也纳的哀歌啊！

天在下着雨，
街上是灰白的水光，
维也纳，坐在古旧的圈椅里，
两眼呆钝地凝视着窗户，
一秒钟，一秒钟地

老师有话说

1-拓展知识

维也纳：奥地利的首都，它被誉为“世界音乐之都”。

2-考点 写作手法

诗人在一开头总结了维也纳这座城市的特点和处境：虽然美丽却痛苦。接下来用三个比喻将这种特点和处境展现出来，表达了诗人对这座城市的深切同情。

【如何读诗】

将维也纳拟人化，“坐在古旧的圈椅里，两眼呆钝地凝视着窗户”的神态描写展现了这座城市忧伤、衰颓、麻木的社会情绪。诗人是经历过苦难的，所以能够对这座城市的悲哀和不幸感同身受。

在挨受着阴冷的时间……

维也纳，让我祝福你：
愿明天是一个晴天，
阳光能射进你的窗户，
用温柔的手指抚触你的眼帘……

一九五四年七月八日晚　维也纳

一个黑人姑娘在歌唱

内容速览

这首诗描写了一个黑人姑娘抱着她的白人小主人唱催眠曲的情景，表现了诗人对黑人命运的关心和同情。

阅读指南

- **诗歌阅读属性：**【细读】
- **阅读方法落实：**【如何读诗】朗读诗歌，感受大体匀整但完全自然的诗形。品味诗歌中的强烈对比和反差感。体会诗人对黑人命运和民族平等的思考。
- **核心内容感知：**【品味情思】对黑人命运的同情。

诗歌图解

一个黑人姑娘在歌唱

- **写作背景**：在巴西的里约热内卢停留期间，黑人区的贫困情况让诗人有所感触
- **结构**：
  - 描绘黑人姑娘形象，刻画其唱歌情景
  - 揭示怀中婴儿身份，形成强烈对比
- **主要情感**：对黑人不公平命运的同情

原文阅读

在那楼梯的边上，
有一个黑人姑娘，
她长得十分美丽，
一边走一边歌唱……

她心里有什么欢乐?
她唱的可是情歌?
她抱着一个婴儿，
唱的是催眠的歌。

这不是她的儿子，
也不是她的弟弟；
这是她的小主人，
她给人看管孩子；

一个是那样黑，
黑得像紫檀木；
一个是那样白，
白得像棉絮；

一个多么舒服，
却在不住地哭；
一个多么可怜，
却要唱欢乐的歌。

一九五四年七月十七日　里约热内卢

老师有话说

【如何读诗】

一个幸福的在哭，一个可怜的却要歌唱，鲜明的对比展现出了种族压迫的现实。诗人同情黑人命运，也控诉这世间的一切不公。

礁石

内容速览

这首诗描写了海浪中坚强的礁石，表达了对顽强生命的赞美，也是对抗争中的中国人民的鼓舞。

阅读指南

- **诗歌阅读属性：**【细读】
- **阅读方法落实：**【如何读诗】朗读诗歌，感受诗歌简短又朴素的叙写。品味诗歌动静结合的语言和巧妙的修辞。把握“礁石”这一意象的内涵。
- **核心内容感知：**【品味情思】对顽强生命的赞美，对人民的鼓舞。

诗歌图解

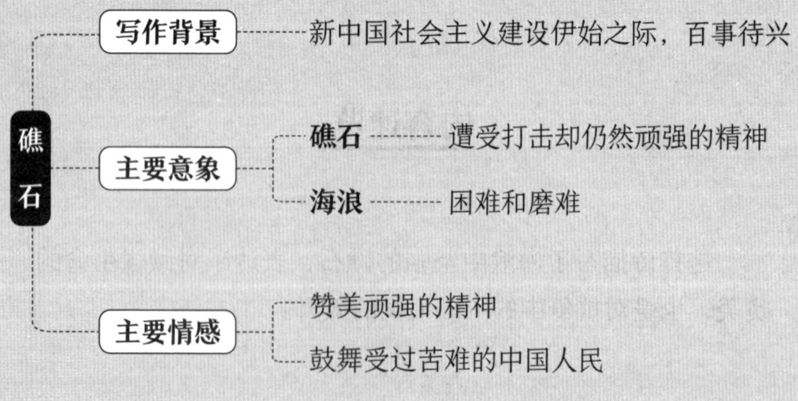

原文阅读

一个浪，一个浪，
无休止地扑过来，
每一个浪都在它脚下
被打成碎沫、散开……[1]

它的脸上和身上
像刀砍过的一样
但它依然站在那里
含着微笑，看着海洋……[2]

一九五四年七月二十五日

老师有话说

1- 考点 意象分析

一个一个浪是“扑”过来的，极富动感，写出浪的凶狠，这是礁石必须承受的考验，也象征着中国人民正在面对的困难。礁石屹立于浪花之中，浪花在脚下散开，体现出礁石的坚强和韧性。

【考题链接】

简析《礁石》中象征手法的作用。

—— 答案见第94页

2- 考点 写作手法、情感分析

浪是动态的，而礁石却是屹立的静态，动静结合，并且用“站”“微笑”将礁石拟人化，礁石脸上和身上被浪花侵犯出“刀砍过”的伤痕，却依然伫立，体现出礁石遭受打击却仍坚强不屈、自信乐观的精神。这也是诗人在借礁石鼓舞中国人民，勇敢战胜困难。

在智利的海岬上

——给巴勃罗·聂鲁达[1]

内容速览

这首诗描绘了诗人艾青去智利诗人聂鲁达家做客的场景，通过对房屋内饰的描写，以小见大，展现了聂鲁达追求自由的战士形象，同时表现了与聂鲁达的友谊和共同追求，抒发了内心火热的爱国之情。

阅读指南

- **诗歌阅读属性：**【细读】
- **阅读方法落实：**【如何读诗】朗读诗歌，感受诗歌呈现的画面感。感受诗歌语言中平淡自然又真诚热烈的特点。把握“海”这一意象的内涵。体会诗人在诗中表达的对自由与和平的深思与追求。
- **核心内容感知：**【品味情思】诗人对好友的真挚情感和对自由和平的向往。

诗歌图解

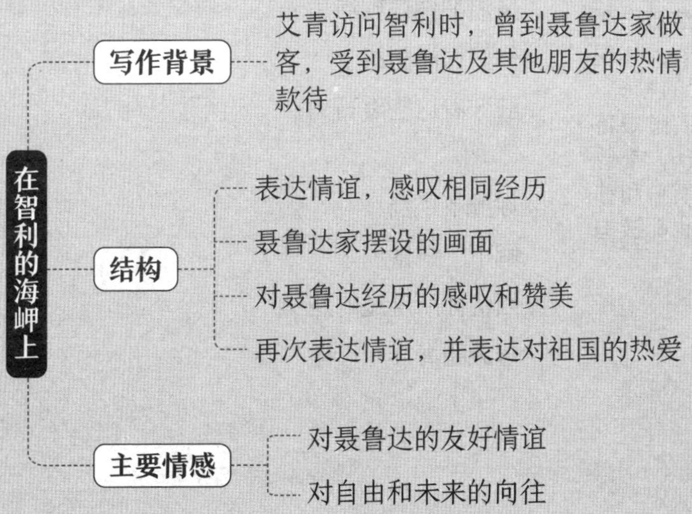

原文阅读

让航海女神
守护你的家

她面临大海
仰望苍天
抚手胸前
祈求航行平安

一

你爱海，我也爱海
我们永远航行在海上

一天，一只船沉了
你捡回了救命圈
好像捡回了希望
风浪把你送到海边
你好像海防战士
驻守着这些礁石

你抛下了锚
解下了缆索
回忆你所走过的路
每天望海洋

老师有话说

1- 拓展知识

巴勃罗·聂鲁达(1904—1973)：智利当代著名诗人，诺贝尔文学奖获得者，代表作有《二十首情诗和一首绝望的歌》等。1945年，加入智利共产党，后因国内政局变化，大批智利共产党人被投入监狱，聂鲁达流亡海外。聂鲁达喜爱中国文化，曾三次到访中国。1951年，他在中国与艾青相识，并成为惺惺相惜的朋友。

【如何读诗】

这两句话简洁道出两人共同的爱好，体现出二人心意的相通。两位诗人都有过艰苦而复杂的经历，都曾为了民族的解放和独立斗争过，也都被迫害过。

二

巴勃罗的家
在一个海岬上
窗户的外面
是浩淼的太平洋

一所出奇的房子
全部用岩石砌成
像小小的碉堡
要把武士囚禁

我们走进了
航海者之家
地上铺满了海螺
也许昨晚有海潮

已经残缺了的
　　木雕的女神
站在客厅的门边
像女仆似的虔诚

阁楼是甲板
栏杆用麻绳穿连
在扶梯的边上
有一个大转盘

【如何读诗】

诗人细致描绘了这个“航海者之家”：门厅的木雕、甲板做的阁楼、船模、铁锚、罗盘、指南针、地球仪、烟斗和钢刀……让读者仿佛置身于聂鲁达家中。这一个个细节逐渐拼凑出聂鲁达的形象——他热爱海洋，他通过远洋到过许多地方，这些装饰物件是他经历的见证。

这些是你的财产：
古代帆船的模型
褐色的大铁锚
中国的大罗盘
（最早的指南针）
大的地球仪
各式各样的烟斗
和各式各样的钢刀

意大利农民送的手杖
放在进门的地方
它陪伴一个天才
走过了整个世界

米黄色的象牙上
刻着年轻的情人
穿着乡村的服装
带着羞涩的表情
像所有的爱情故事
既古老而又新鲜

2- 考点 情感分析

“手枪”“战船”等具有坚硬质感的实物，无不显示着聂鲁达勇敢斗争过的痕迹，而如今终于可以为“和平而干杯”。这里暗含诗人发自内心的欣慰，和平与自由是他们共同的追求。

手枪已经锈了
战船也不再转动
请斟满葡萄酒
为和平而干杯！ 2

三

房子在地球上
而地球在房子里

壁上挂了一顶白顶的
　　黑漆遮阳的海员帽子
好像这房子的主人
今天早上才回到家里

我问巴勃罗：
“是水手呢？
还是将军？”
他说：“是将军，
你也一样；
不过，我的船
已失踪了
沉没了……”

四

你是一个船长，
还是一个海员？
你是一个舰队长，
还是一个水兵？
你是胜利归来的人，
还是战败了逃亡的人？

【如何读诗】

这段对话充满哲思，既是斗士又是诗人的两人对自己过往经历进行了回顾：两人都是“将军”，因为两人都曾为了自由与解放而斗争。船“失踪了”“沉没了”，暗指聂鲁达遭受迫害的境遇。这节诗饱含这两位历经战争与困境的诗人无法道出的人生沧桑。

3- 字词解释

停憩（qì）：停下来休息。

4- 拓展知识

洛尔迦（1898—1936）：20世纪伟大的西班牙诗人，他把诗歌同西班牙民间歌谣结合起来，创造出了一种全新的诗体，对世界诗坛产生了巨大影响。1936年，西班牙内战爆发，洛尔迦因反法西斯立场被害。

你是平安的**停憩**[3]，
还是危险的搁浅？
你是迷失了方向，
还是遇见了暗礁？

都不是，都不是。
这房子的主人
是被枪杀了的**洛尔伽**[4]的朋友
是受难的西班牙的见证人
是一个退休了的外交官
不是将军。

日日夜夜望着海
听海涛像在浩叹
也像是嘲弄
也像是挑衅

巴勃罗·聂鲁达
面对着万顷波涛
用矿山里带来的语言
向整个旧世界宣战

五

在客厅门口上面
挂了救命圈
现在船是在岸边
你说：“要是船沉了

我就戴上了它
跳进了海洋。”

方形的街灯
在第二个门口
这样，每个夜晚
你生活在街上

壁炉里火焰上升
今夜，海上喧哗
围着烧旺了的壁炉
从地球的各个角落来的
　　十几个航行的伙伴
喝着酒，谈着航海的故事

我们来自许多国家
包括许多民族
有着不同的语言
但我们是最好的兄弟

有人站起来
用放大镜
在地图上寻找
没有到过的地方

我们的世界
好像很大
其实很小

5- 考点 情感分析

诗中处处饱含诗人对和平和自由的思考。让不同国家和民族的人能够成为“最好的兄弟”，是诗人朴素却真挚的愿望。人类共同生活在这“好像很大 / 其实很小”的世界上，每个人都应拥有追求美好生活的权利。

6- 考点 情感分析

虽身在海外，但诗人时刻挂念着大洋彼岸的家乡。“我爱这个海岬”，是因为这里有志同道合、惺惺相惜的朋友；但“也爱我的家乡”，因为那里有“我”的祖国和同胞。诗人深沉的爱国热情在此刻油然而生。

7- 考点 意象分析

此处是诗人的一种设想：哨声一响，诗人便马上扬帆启程。目标何处？“向另一个世纪的港口航行……”诗人早已将自己的一生都投掷到追求自由与和平的旅程中，这是诗人敢为人先的志气，也是诗人对美好明天的无限向往，充满着蓬勃向上的精神。

在这个世界上
应该生活得好 5

明天，要是天晴
我想拿铜管的望远镜
向西方瞭望
太平洋的那边
是我的家乡
我爱这个海岬
也爱我的家乡 6

这儿夜已经很深
初春的夜晚多么迷人

六

在红心木的桌子上
有船长用的铜哨子

拂晓之前，要是哨子响了
我们大家将很快地爬上船缆
张起船帆，向海洋起程
向另一个世纪的港口航行……7

一九五四年七月二十四日晚　初稿

一九五六年十二月十一日　整理

启明星[1]

内容速览

这首诗通过歌颂启明星，表达了诗人对光明的追求，以及对勇于和黑暗抗争而带来希望的启迪者的赞颂。

阅读指南

- **诗歌阅读属性：**【细读】
- **阅读方法落实：**【如何读诗】朗读诗歌，感受诗歌的简洁精巧。品味诗歌语言中热情向上的精神。把握“启明星”这一意象的内涵。
- **核心内容感知：**【品味情思】体会诗人对光明的追求和对勇于自我牺牲的先进分子的赞颂。

诗歌图解

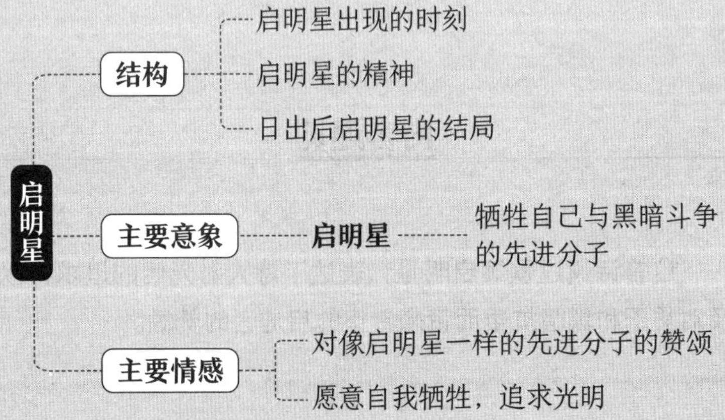

原文阅读

属于你的是
光明与黑暗交替
黑夜逃遁
白日追踪而至的时刻

群星已经退隐
你依然站在那儿
期待着太阳上升[2]

被最初的晨光照射
投身在光明的行列
直到谁也不再看见你

一九五六年八月

老师有话说

1- 拓展知识

启明星：即金星，古称“太白”。天亮前后，它是除了太阳和月亮外最亮的天体。

2- 考点 意象分析

“群星已经退隐”，只有启明星在原处坚守，追求、等待光明是启明星的宿命。诗人把在黑暗时刻愿意奉献自己、牺牲自己，永不退缩、冲锋在前的先进分子比作启明星，表达了对革命先辈的崇高敬意。

【如何读诗】

追求光明，是诗人一生的理想。诗人想成为这样一颗启明星：与黑暗斗争，为光明的到来而努力，直至隐没于光明。

下雪的早晨

内容速览

这首诗描绘了某个下雪的早晨的景象，诗人幻想出一个小孩在夏天的树林里玩耍的场景，表达了诗人对童年的怀念和对美好生活的向往。

阅读指南

- **诗歌阅读属性：**【细读】
- **阅读方法落实：**【如何读诗】朗读诗歌，感受虚实结合的妙处。品味诗歌中修饰极少的语言和通过白描展现出的美好场景。把握“小孩”这一意象的内涵。体会诗人对自身命运的思考。
- **核心内容感知：**【品味情思】对美好生活的怀念和向往。

诗歌图解

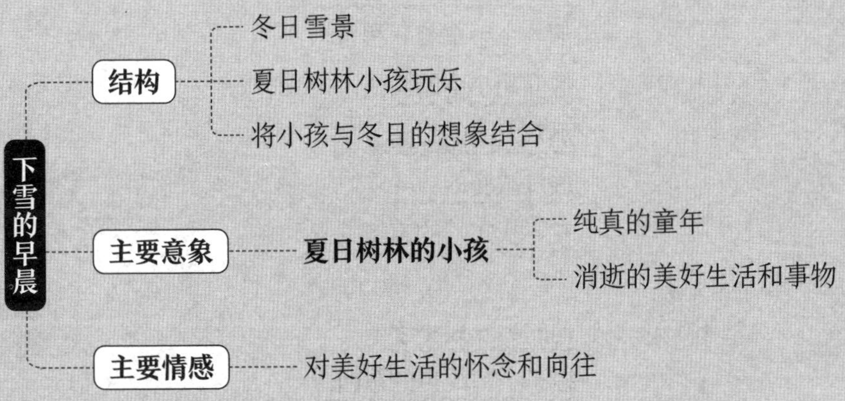

老师有话说

【如何读诗】

诗中两次出现“雪下着，下着”“洁白的雪”和“多么静”，诗人使用反复的修辞手法描绘了一幅雪落无声的画面，将诗题中“下雪的早晨”的场景重点展现在读者面前，朴素但美丽。

原文阅读

雪下着，下着，没有声音，
雪下着，下着，一刻不停，
洁白的雪，盖满了院子，
洁白的雪，盖满了屋顶，
整个世界多么静，多么静。

看着雪花在飘飞，
我想得很远，很远，
想起夏天的树林，
树林里的早晨，
到处都是露水，
太阳刚刚上升，
一个小孩，赤着脚，
从晨光里走来，
他的脸像一朵鲜花，

他的嘴发出低低的歌声，
他的小手拿着一根竹竿，
他仰起小小的头，
那双发亮的眼睛，
透过浓密的树叶
在寻找知了的声音……

他的另一只小手，
提了一串绿色的东西，
——一根很长的狗尾草，
结了蚂蚱、金甲虫和蜻蜓，

这一切啊，
我都记得很清。1

我们很久没有到树林里去了，
那儿早已铺满了落叶，
也不会有什么人影；
但我一直都记着那个小孩，
和他的很轻很轻的歌声，
此刻，他不知在哪间小屋里。

看着不停地飘飞着的雪花，
或许想到树林里去抛雪球，
或许想到湖上去滑冰，
他决不会知道
有一个人想着他，
就在这个下雪的早晨。

一九五六年十一月十七日

1- 考点 写作手法

本是在写冬日的雪，诗人却笔锋一转开始写夏天的树林，连续四个“他”，勾勒出一个在树林中欢快玩耍的小男孩的形象，极富动态美。这种自由自在、无忧无虑的生活状态让人艳羡。而最后一句“我都记得很清”，让我们恍然，这其实就是诗人对自己美好童年的回忆。

【如何读诗】

诗歌开篇回首了纯真的童年，在结尾又将读者拉回现实，诗人想象男孩在这个冬天可能去抛雪球、滑冰的场景，将想象与现实结合，一种纯粹的美好溢满文字。但在这美好背后，却是忧伤与失落，因为这种美好只能存在于回忆和想象中，可望而不可即。诗人对这纯粹美好的生活有着无限的怀念和渴望。

烧荒[1]

内容速览

这首诗描绘了烧荒开垦的场景，展现了一种火焰冲天的力量和激情，表达了对祖国向上发展的无限期盼。

阅读指南

- **诗歌阅读属性：**【细读】
- **阅读方法落实：**【如何读诗】朗读诗歌，感受诗歌中宏大生动的场面。品味这首诗中热情似火的语言。
- **核心内容感知：**【品味情思】对国家未来的期盼。

诗歌图解

烧荒

- **写作背景**：艾青被错划为“右派”后，先后在北大荒农场和新疆生产建设兵团生活过。1960年代，艾青结合自己的亲身经历写下了这首诗
- **结构**
  - 荒原变成火海，火花美丽、力量强大、速度快
  - 火是开垦的希望
- **主要情感**：对国家美好未来的期盼

原文阅读

小小的一根火柴，
划开了一个新的境界——

好大的火啊，
荒原成了火海！

火花飞舞着、旋转着，
火柱直冲到九霄云外！

火焰像金色的鹿，
奔跑得比风还快！

腾起的烟在阳光里，
像层层绚丽的云彩！

火焰狂笑着、奔跑着，
披荆斩棘，多么痛快！

火的队伍大进军，
豺狼狐兔齐闪开！

野草不烧尽，
禾苗起不来！

快磨亮我们的犁刀，
犁开一个新的时代！

老师有话说

1- 拓展知识

烧荒：过去在垦荒前常将荒地上的野草、灌木等烧掉。

【如何读诗】

把火焰比作“金色的鹿”，比作“绚丽的云彩”，后又将火焰拟人化，以“狂笑”“奔跑”的动态生动形象地展现出了火焰的快和巨大的能量，势如破竹，给人酣畅淋漓的感觉。将烧荒宏大、热烈的场面呈现在读者面前。

帐篷

内容速览

这首诗描绘了祖国建设者们的辛勤劳动和付出，赞美了他们甘于吃苦、乐于奉献的精神。

阅读指南

- **诗歌阅读属性：**【细读】
- **阅读方法落实：**【如何读诗】朗读诗歌，感受诗歌明快的节奏与和谐的音韵。品味诗歌借“帐篷”写“我们”的巧思。把握“帐篷”这一意象的内涵。体会诗人对劳动者们生活的关怀。
- **核心内容感知：**【品味情思】对祖国建设者们奉献精神的赞美。

诗歌图解

- **帐篷**
  - **写作背景**：此诗与《烧荒》作于同一时期，经历了北大荒、新疆等地的艰苦岁月，艾青的诗思仍然没有泯灭
  - **主要意象**：**帐篷**
    - 开荒扩土的巨大工程
    - 工人、垦荒者、建设者
    - 为国奉献、吃苦耐劳的精神
  - **主要情感**
    - 对建设者奉献、吃苦精神的赞美
    - 对祖国美好未来的期盼

原文阅读

哪儿需要我们，
就在哪儿住下，
一个个帐篷，
是我们流动的家；

荒原最早的住户，
野地最早的人家，
我们到了哪儿，
就激起了喧哗；

探索大地的秘密，
要把宝藏开发，
架大桥、修铁路，
盖起高楼大厦；

任凭风吹雨打，
我们爱自己的家，
它是这样锐敏
反映祖国的变化；1

换一个工地，
就搬一次家，
带走的是荒凉，
留下的是繁华。

老师有话说

【如何读诗】

诗人以建设者的口吻进行写作，“帐篷”是“我们”这些垦荒者、工人们、建设者们的“流动的家”，“我们”搭建着一个个帐篷，完成了一个又一个浩大的工程。“流动的家”说明，“我们”一直在奔赴，从未止步。

1- 考点　情感分析

尽管条件恶劣也会努力克服，给祖国带来了新的面貌，这些祖国的建设者们奉献自己，开垦荒土，建造桥梁铁路和高楼，为了祖国的未来更加美好，风餐露宿，他们既是祖国的建设者，也是见证者。诗人赞美了他们的辛勤付出和爱国奉献精神，同时也对祖国的明天充满希望。

鱼化石

内容速览

这首诗通过对鱼化石的吟咏，总结了自己的人生体验，提炼了自己的人生感悟。

阅读指南

- **诗歌阅读属性：**【细读】
- **阅读方法落实：**【如何读诗】朗读诗歌，感受诗歌匀齐的分节与和谐的韵律。品味诗歌自然的抒情和朴素的语言。把握“鱼化石”这一意象的内涵。体会诗人对生命哲理性的思考。
- **核心内容感知：**【品味情思】体会诗人对生命逝去的惋惜和勇敢斗争的信念。

诗歌图解

鱼化石

- **写作背景**：1957年，艾青被错划为“右派”，发表作品的权利被剥夺；直至1978年，艾青“归来”，二十多年的世道沧桑丰富了他的人生体悟
- **结构**
  - 鱼生命的力量
  - 鱼逝去原因的猜想
  - 鱼化石的样貌
  - 得出的人生启示
- **主要情感**
  - 对生命逝去的惋惜
  - 遇到挫折应该抗争

原文阅读

动作多么活泼，
精力多么旺盛，
在浪花里跳跃，
在大海里浮沉；

不幸遇到火山爆发，
也可能是地震，
你失去了自由，
被埋进了灰尘；

过了多少亿年，
地质勘探队员，
在岩层里发现你，
依然栩栩如生。1

但你是沉默的，
连叹息也没有，
鳞和鳍都完整，
却不能动弹；

你绝对的静止，
对外界毫无反应，
看不见天和水，
听不见浪花的声音。

凝视着一片化石，
傻瓜也得到教训：

老师有话说

【如何读诗】

这里描绘了鱼儿活泼的动作和旺盛的精力，与后面失去自由的鱼化石形成了鲜明对比。

1- 考点 意象分析

诗歌描述了一条鱼从富于生命力到遇难再到变成化石的过程，诗人用此过程指代自己过去二十多年的人生经历，内含一种对生命被无故埋没的痛惜。

【如何读诗】

鱼儿本应在水里游动，却被变为化石只能留在岩层中，“看不见天和水”“听不见浪花的声音”，这条鱼的痛苦引发了诗人对于人生的思考。

离开了运动，
就没有生命。

活着就要斗争，
在斗争中前进，
即使死亡，
能量也要发挥干净。

【如何读诗】

诗人将对鱼化石形象的反思引申到对于生存法则和斗争哲学的思考中来。鱼成为化石，便失去了活力，而人面对困境和痛苦挫折，更应该坚持斗争，否则就像鱼成为化石，而这便是生命的意义。

镜子

内容速览

这首诗借对镜子特征的描述，刻画了不同人对镜子的态度，讽刺了生活中的丑恶现象，赞美了正直忠义的品格。

阅读指南

✦ **诗歌阅读属性：**【细读】

✦ **阅读方法落实：**【如何读诗】朗读诗歌，感受齐整的句行构成。品味诗歌简洁却富有哲理的语言。把握“镜子”这一意象的内涵。体会诗人透过“镜子”对社会和人生的思考。

✦ **核心内容感知：**【品味情思】对丑恶现象的批判和对正直品格的赞美。

诗歌图解

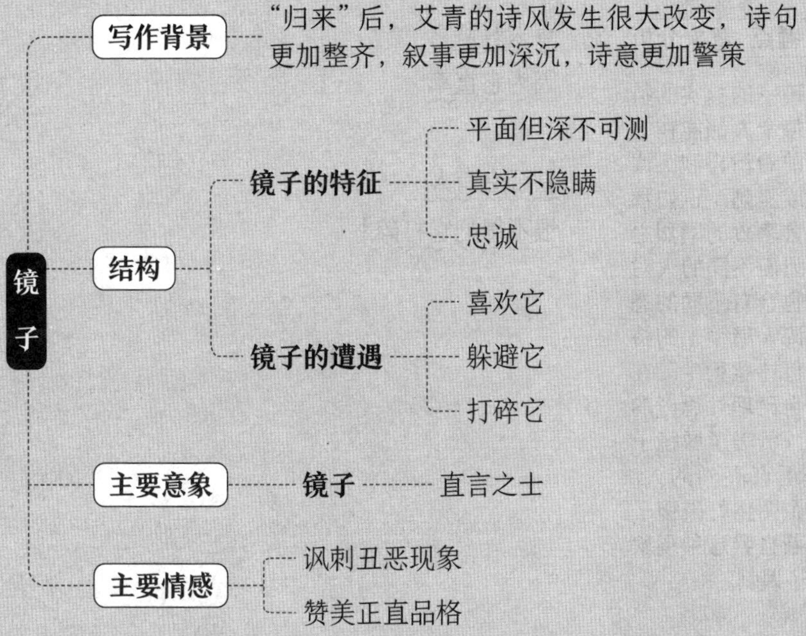

原文阅读

仅只是一个平面
却又是深不可测

它最爱真实
决不隐瞒缺点

它忠于寻找它的人
谁都从它发现自己

或是醉后酡颜
或是鬓如霜雪

有人喜欢它
因为自己美

有人躲避它
因为它直率

甚至会有人
恨不得把它打碎[1]

老师有话说

【如何读诗】

这三段在阐述镜子的特点时，没有用华丽的语言去描绘，而是用理性的语言来勾勒，表达了诗人的深入思考。先对表象写实，再进行深层意蕴的开掘。镜子擅长平面反射，直来直去，毫无掩饰躲闪，代表着真实，表面看它忠于主人，内核其实是忠于真实。

1- 考点 意象分析

由于镜子的真实的特征，每个人都能在它的面前看清自我，或美丽或丑陋，正如那些直言率真的刚烈之士，因而不同的人对镜子也会有不同的态度。诗人借镜子的特征进行诗意衍生，在展示自己理性思考的同时，赞美了像镜子一样正直高尚的人，也对企图用打破镜子来遮蔽自我这种现象进行了讽刺。

光的赞歌

内容速览

这首诗通过对光的赞颂，阐述了诗人对于社会、人生、历史以及自己的一生的总结和思考，同时表达了对祖国光明未来的美好祝愿与希望。

阅读指南

- **诗歌阅读属性：**【细读】
- **阅读方法落实：**【如何读诗】朗读诗歌，感受诗歌恢宏的气势、廓大的构思和豪迈的气概。品味诗歌语言中磅礴的气势和深沉热烈的情绪。感受艾青诗歌中最经典的意象之一——“光”。体会诗人对于人生、社会、历史等的深入思考。
- **核心内容感知：**【品味情思】对光明的赞颂和追求。

诗歌图解

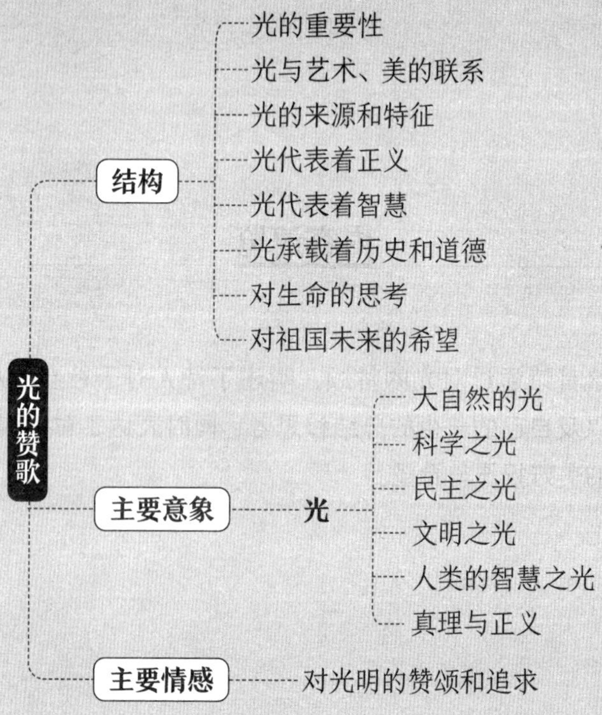

原文阅读

一

每个人的一生
不论聪明还是愚蠢
不论幸福还是不幸
只要他一离开母体
就睁着眼睛追求光明

世界要是没有光
等于人没有眼睛
航海的没有罗盘
打枪的没有准星
不知道路边有毒蛇
不知道前面有陷阱

世界要是没有光
也就没有杨花飞絮的春天
也就没有百花争妍的夏天
也就没有金果满园的秋天
也就没有大雪纷飞的冬天

世界要是没有光
看不见奔腾不息的江河
看不见连绵千里的森林
看不见容易激动的大海
看不见像老人似的雪山
要是我们什么也看不见
我们对世界还有什么留念

老师有话说

【如何读诗】

诗歌第一部分用了三句“世界要是没有光”的假设排比，强调了光对于人类生活的重要性。

二

只是因为有了光
我们的大千世界
才显得绚丽多彩
人间也显得可爱

光给我们以智慧
光给我们以想象
光给我们以热情
创造出不朽的形象

那些殿堂多么雄伟
里面更是金碧辉煌
那些感人肺腑的诗篇
谁读了能不热泪盈眶

那些最高明的雕刻家
使冰冷的大理石有了体温
那些最出色的画家
描出色授魂与的眼睛

比风更轻的舞蹈
珍珠般圆润的歌声
火的热情、水晶的坚贞
艺术离开光就没有生命

山野的篝火是美的

【如何读诗】

诗歌第二部分讲述了光与美的关系：光是美的来源。诗中列举的艺术作品，都与光有关；有了光，才有雄伟的殿堂，才有感人的诗篇，才有精美的雕刻，才有舞蹈与歌声。光就是艺术的生命，光与美密不可分，有了光，才有了这一切美好的东西，美丽离不开光的照耀。

港湾的灯塔是美的
夏夜的繁星是美的
庆祝胜利的焰火是美的
一切的美都和光在一起

三

这是多么奇妙的物质
没有重量而色如黄金
它可望而不可即
漫游世界而无体形
具有睿智而谦卑
它与美相依为命

诞生于撞击和磨擦
来源于燃烧和消亡的过程
来源于火、来源于电
来源于永远燃烧的太阳

太阳啊，我们最大的光源
它从亿万万里以外的高空
向我们居住的地方输送热量
使我们这里滋长了万物
万物都对它表示景仰
因为它是永不消失的光

真是不可捉摸的物质 ——
不是固体、不是液体、不是气体

【如何读诗】

第三部分先客观描写光的形态，光是捉摸不定的物质，接着笔锋一转，把光人格化，赞美光的品质：有力量、威严、伟大慷慨、坦荡开朗、无私奉献，在诗人笔下，光拥有着无可比拟的价值和美好透明的品质。

来无踪、去无影、浩渺无边
从不喧嚣、随遇而安
有力量而不剑拔弩张
它是无声的威严

它是伟大的存在
它因富足而能慷慨
胸怀坦荡、性格开朗
只知放射、不求报偿
大公无私、照耀四方

四

但是有人害怕光
有人对光满怀仇恨
因为光所发出的针芒
刺痛了他们自私的眼睛

历史上的所有暴君
各个朝代的奸臣
一切贪婪无厌的人
为了偷窃财富、垄断财富
千方百计想把光监禁
因为光能使人觉醒

凡是压迫人的人
都希望别人无能
无能到了不敢吭声

【如何读诗】

从第四部分开始，诗人站在新的历史地平线上，描写对象逐渐从自然之光转换到社会之光，“光能使人觉醒”。诗人有力地抨击了压迫、剥削他人的当权者：他们最害怕人民的觉醒，因为只有民众停留在愚昧状态，才能方便他们的统治和压迫，人民一旦觉醒，就代表着反抗和斗争即将到来。

让他们把自己当做神明

凡是剥削人的人
都希望别人愚蠢
愚蠢到了不会计算
一加一等于几也闹不清

他们要的是奴隶
是会说话的工具
他们只要驯服的牲口
他们害怕有意志的人

他们想把火扑灭
在无边的黑暗里
在岩石所砌的城堡里
永远维持血腥的统治

他们占有权力的宝座
一手是勋章、一手是皮鞭
一边是金钱、一边是锁链
进行着可耻的政治交易
完了就举行妖魔的舞会
和血淋淋的人肉的欢宴

回顾人类的历史
曾经有多少年代
沉浸在苦难的深渊
黑暗凝固得像花岗岩

【如何读诗】

掌握权力的人靠“皮鞭”“锁链”获得“勋章”“金钱”，这些无不展现了他们的暴力、残忍、虚荣与贪婪，“血淋淋的人肉的欢宴”，旨在控诉统治权力的背后往往堆积着无数人的苦难。诗人把黑暗比作“花岗岩”，把抽象事物具象化，想要阐明苦难深渊、黑暗社会的坚不可摧，侧面说明了革命者用“头颅去撞开地狱的铁门”的不易。

然而人间也有多少勇士
用头颅去撞开地狱的铁门

【如何读诗】

这是诗人对敢于同黑暗斗争、不怕流血牺牲的勇士们的热烈赞颂，光荣属于这些为光明而战斗的人！

光荣属于奋不顾身的人
光荣属于前赴后继的人

暴风雨中的雷声特别响
乌云深处的闪电特别亮
只有通过漫长的黑夜
才能喷涌出火红的太阳

五

愚昧就是黑暗
智慧就是光明
人类从愚昧中过来
那最先去盗取火的人
是最早出现的英雄
他不怕守火的鹫鹰
要啄掉他的眼睛
他也不怕天帝的愤怒
和轰击他的雷霆
于是光不再被垄断
从此光流传到人间

【如何读诗】

这一部分，诗人对光的认识角度从“社会之光”转移到了“科学之光”。光明是智慧的象征，是科学的进步，是技术的革新。在新时代，光是新颖的思考和创造，光把人们带领到全新的世界，引领时代的进步。

我们告别了刀耕火种
蒸汽机带来了工业革命
从核物理诞生了原子弹

如今像放鸽子似的
放出了地球卫星……
光把我们带进了一个
　　光怪陆离的世界:
X光，照见了动物的内脏
激光，刺穿优质钢板
光学望远镜，追踪星际物质
电子计算机
　　把我们推向了二十一世纪

然而，比一切都更宝贵的
是我们自己的锐利的目光
是我们先哲的智慧的光
这种光洞察一切、预见一切
可以透过肉体的躯壳
看见人的灵魂

看见一切事物的底蕴
一切事物内在的规律
一切运动中的变化
一切变化中的运动
一切的成长和消亡
就连静静的喜马拉雅山
也在缓慢地继续上升

认识没有地平线
地平线只能存在于停止前进的地方
而认识却永无止境

人类在追踪客观世界中
留下了自己的脚印

【如何读诗】

最重要的光是“自己的锐利的目光”，即探索之光，在不断的探索中，我们了解了事物发展的规律，了解了运动和变化的关系，知道了成长和消亡的关系，诗人用极富哲理的语言讲述了探索之光是符合事物发展的客观规律的，并提到了实践和认识这一哲学性的话题。

实践是认识的阶梯
科学沿着实践前进
在前进的道路上
要砸开一层层的封锁
要挣断一条条的铁链
真理只能从实践中得以永生

六

光从不可估量的高空
俯视着人类历史的长河
我们从周口店到天安门
像滚滚的波涛在翻腾
不知穿过了多少的险滩和暗礁
我们乘坐的是永不沉没的船
从天际投下的光始终照引着我们……

【如何读诗】

诗人用光与暗的对立关系来揭露复杂的社会现实，在美好的背后，依旧存在着黑暗。即使生在光明中，我们也要时刻警惕黑暗的侵害。要坚定信念，才可以驱赶黑暗，让光明永驻。

我们从千万次的蒙蔽中觉醒
我们从千万种的愚弄中学得了聪明
统一中有矛盾、前进中有逆转
运动中有阻力、革命中有背叛

甚至光中也有暗
甚至暗中也有光
不少丑恶与无耻

隐藏在光的下面
毒蛇、老鼠、臭虫、蝎子
和许多种类的粉蝶——
她们都是孵化害虫的母亲
我们生活着随时都要警惕
看不见的敌人在窥伺着我们
然而我们的信念
像光一样坚强——
经过了多少浩劫之后
穿过了漫长的黑夜
人类的前途无限光明、永远光明

七

每一个人都是一个生命
人世银河星云中的一粒微尘
每一粒微尘都有自己的能量
无数的微尘汇集成一片光明
每一个人既是独立的
而又互相照耀
在互相照耀中不停地运转
和地球一同在太空中运转
我们在运转中燃烧
我们的生命就是燃烧
我们在自己的时代
应该像节日的焰火
带着欢呼射向高空
然后迸发出璀璨的光

【如何读诗】

这一部分，诗人从宏观的人类历史，转向微观的个体生命，即使每一个人只是宇宙间小小的一粒微尘，但团结起来就会有巨大的力量，汇集起来就可以发出巨大的光芒，互相照亮。

即使我们是一支蜡烛
也应该"蜡炬成灰泪始干"
即使我们只是一根火柴
也要在关键时刻有一次闪耀
即使我们死后尸骨都腐烂了
也要变成磷火在荒野中燃烧 1

1-考点 情感分析

人生就应该在奉献中展现自己的价值，这是诗人对生命的理解，也是诗人发自肺腑的真诚心声，此时诗人将热情融入诗歌，他不仅愿意成为光，还愿意燃尽自己为祖国奉献自己最后的力量，就像他笔下的"蜡烛""火柴"一样照亮他人，直至燃烧殆尽。

【如何读诗】

这一部分，诗人开始总结思考自己的人生。诗人的所有诗歌，几乎都是与国家民族的命运休戚与共的。诗人为穷苦群众呐喊，歌颂阳光与黎明，发挥着自己身上的光和热，展现了内心深处对祖国的爱和奉献精神。

八

作为一个微不足道的人
天文学数字中的一粒微尘
即使生命像露水一样短暂
即使是恒河岸边的一粒细沙
也能反映出比本身更大的光
我也曾经用嘶哑的喉咙歌唱
在不自由的岁月里我歌唱自由
我是被压迫的民族，我歌唱解放
在这个茫茫的世界上
为被凌辱的人们歌唱
为受欺压的人们歌唱
我歌唱抗争，歌唱革命
在黑夜把希望寄托给黎明
在胜利的欢欣中歌唱太阳

我是大火中的一点火星
趁生命之火没有熄灭
我投入火的队伍、光的队伍

把“一”和“无数”融合在一起
为真理而斗争
和在斗争中前进的人民一同前进
我永远歌颂光明
光明是属于人民的
未来是属于人民的
任何财富都是人民的
和光在一起前进
和光在一起胜利
胜利是属于人民的
和人民在一起所向无敌

【如何读诗】

人民的力量是强大的，诗人对未来永远充满信心，所有的光明和美好都是属于人民的。字里行间透露着诗人对光明的热爱以及对光明下的同胞们的美好祝愿。

九

我们的祖先是光荣的
他们为我们开辟了道路
沿途留下了深深的足迹
每一足迹里都有血迹

现在我们正开始新的长征
这个长征不只是二万五千里的路程
我们要逾越的也不只是十万大山
我们要攀登的也不只是千里岷山
我们要夺取的也不只是金沙江、大渡河
我们要抢渡的是更多更险的渡口
我们在攀登中将要遇到
　更大的风雪、更多的冰川……

【如何读诗】

诗人并没有因为眼前的胜利而自满，他清醒地认识到，在新的时代，我们还会有更大的发展和挑战，会有“新的长征”，但只要有光的信念，团结一心，就能够所向披靡。

但是光在召唤我们前进
光在鼓舞我们、激励我们
光给我们送来了新时代的黎明
我们的人民从四面八方高歌猛进

让信心和勇敢伴随着我们
武装我们的是最美好的理想
我们是和最先进的阶级在一起
我们的心胸燃烧着希望
我们前进的道路铺满阳光

让我们的每个日子
　都像飞轮似的旋转起来
让我们的生命发出最大的能量
让我们像从地核里释放出来似的
　　极大地撑开光的翅膀
　　在无限广阔的宇宙中飞翔

让我们以最高的速度飞翔吧
让我们以大无畏的精神飞翔吧
让我们从今天出发飞向明天
让我们把每个日子都当做新的起点

或许有一天，总有一天
我们这个古老的民族
我们最勇敢的阶级
将接受光的邀请
去叩开千万重紧闭的大门

访问我们所有的芳邻

让我们从地球出发
飞向太阳……[2]

一九七八年八月——十二月

2- 考点 情感分析

诗人对祖国的现实与未来图景进行了热情描绘，这是诗人对国家新阶段的喜悦和未来的期许，字句中洋溢着热情，充满了希望和向上的精神。

盆景[1]

内容速览

这首诗通过对盆景及其修裁过程的描绘，反映和嘲讽了尊严遭到践踏、自由遭到压制、个性遭到扭曲的社会现象。

阅读指南

✦ **诗歌阅读属性：**【细读】

✦ **阅读方法落实：**【如何读诗】朗读诗歌，感受诗歌通过描绘盆景呈现的画面感。品味诗歌通过朴素自然的语言展现出的深刻思想。把握“盆景”这一意象的内涵。体会诗人通过盆景生发的对社会现象的思考。

✦ **核心内容感知：**【品味情思】体会诗人对扭曲人性的社会现象的批判。

诗歌图解

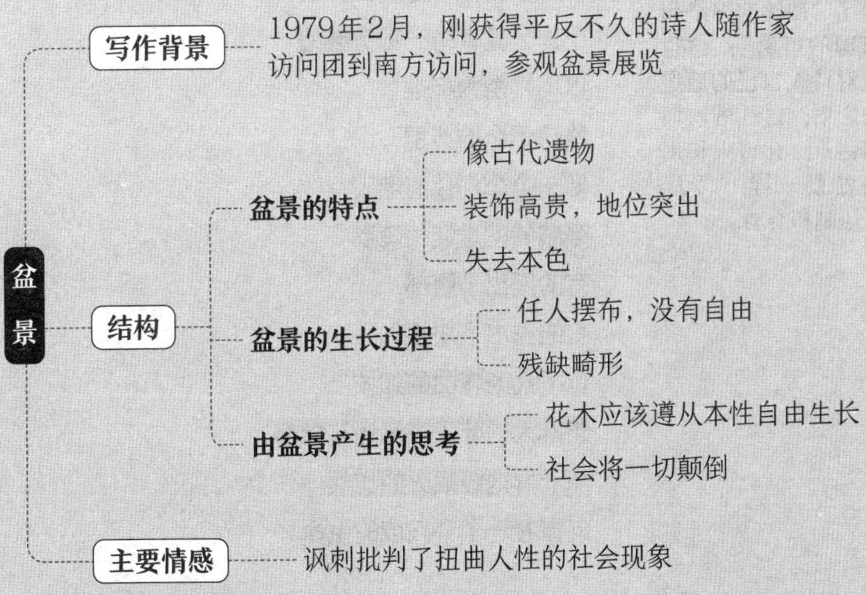

老师有话说

1- 拓展知识

1979年诗人到南方访问，来到广州后，随团参观了盆景展览。艾青从极端的岁月中走过来，目睹了沉闷窒息的环境如何折磨人的灵魂，许多鲜活的生命变成了“化石”。如今终于获得了表达的自由：眼前的盆景，触发他联想到自己过往的坎坷和苦难，引起他对于社会和人生的观照。

【如何读诗】

盆景在培养过程中受尽了“铁丝的缠绕和刀剪的折磨”，这也是对诗人自己的遭遇的影射，过往的坎坷和苦难，让诗人和那些盆景一样，“受尽了压制和委屈”。

原文阅读

好像都是古代的遗物
这儿的植物成了矿物
主干是青铜，枝桠是铁丝
连叶子也是铜绿的颜色
在古色古香的庭院
冬不受寒，夏不受热
用紫檀和红木的架子
更显示它们地位的突出

其实它们都是不幸的产物
早已失去了自己的本色
在各式各样的花盆里
受尽了压制和委屈
生长的每个过程
都有铁丝的缠绕和刀剪的折磨
任人摆布，不能自由伸展
一部分发育，一部分萎缩
以不平衡为标准
残缺不全的典型
像一个个佝偻的老人
夸耀的就是怪相畸形
有的挺出了腹部
有的露出了块根
留下几条弯曲的细枝
芝麻大的叶子表示还有青春
像一群饱经战火的伤兵
支撑着一个个残废的生命

但是，所有的花木
都要有自己的天地
根须吸收土壤的营养
枝叶承受雨露和阳光
自由伸展发育正常
在天空下心情舒畅
接受大自然的爱抚
散发出各自的芬芳

如今却一切都颠倒
少的变老、老的变小
为了满足人的好奇
标榜养花人的技巧
柔可绕指而加以歪曲
草木无言而横加斧刀
或许这也是一种艺术
却写尽了对自由的讥嘲[2]

一九七九年二月二十三日　广州参观盆景展览

【如何读诗】

盆景作为观赏性的微型景观，千姿百态，给人以美的享受，但在诗人眼里，却是“萎缩”“残缺”“佝偻”“畸形”的，因为诗人关注到了它们生长的过程是扭曲的，在缠绕和修剪下只留下了“一个个残废的生命”，这是一种畸形的、不自然的以及不健康的美。

2- 考点 把握主旨

诗歌的最后一部分，诗人用犀利的语言批判盆景这种畸形的艺术景观，也对尊严遭到践踏、自由遭到压制、个性遭到扭曲的不公平的社会现象进行强烈抨击。全诗看似在写盆景，但其实句句都在写人。花木需要雨露、阳光和自由，人性也不应该被压制，被践踏！

『神秘果』

——给G.Y.

内容速览

这首诗通过介绍“神秘果”的神秘之处，通过“苦与甜”的对比，引发了对生活经历和生命的思考。

阅读指南

✦ **诗歌阅读属性：**【细读】

✦ **阅读方法落实：**【如何读诗】朗读诗歌，感受诗歌中自然不受束缚的“散文美”。品味诗歌简单却极富哲理的语言。把握“酸甜苦辣”这些味道意象的内涵。体会诗人对生活的深刻思考。

✦ **核心内容感知：**【品味情思】体会生活中的一切经历都会丰富我们的人生这一哲理。

诗歌图解

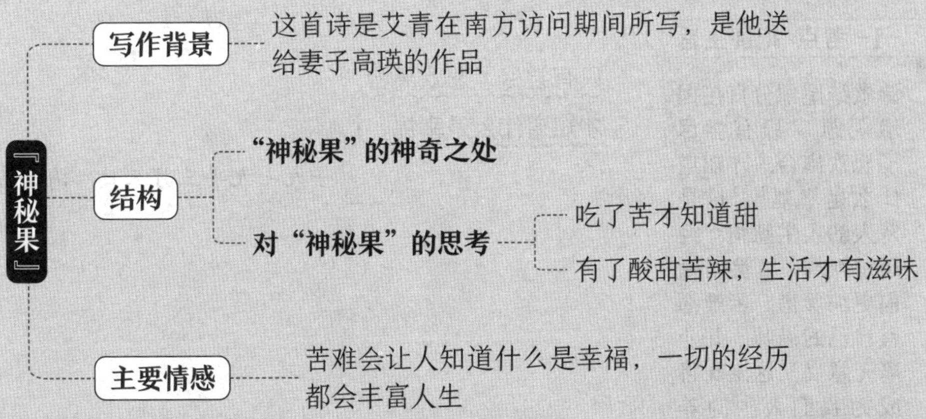

老师有话说

【如何读诗】

连续四个反问句构成了排比，增强诗歌情感，强调神秘果的神秘感的同时，也开启了后文诗人对神秘果以及对生活的思考。

【如何读诗】

苦和甜是一组对立的概念，何者为苦，什么是甜，只有实践才能出真知，只有在酸甜苦辣都尝过之后，才能感受到“活着的滋味”，只有把味道都尝过之后，才会知道“甜”的珍贵。

1- 考点　把握主旨

诗歌结尾部分直接揭示主题，“只有尝尽了悲欢离合，才知道什么是幸福”，这是诗人的人生感悟，经历过坎坷，才会对幸福更加珍惜，苦难都有自己的滋味，并非毫无意义，这滋味将成为我们人生的养分，丰富我们的阅历，让我们不断成长。

原文阅读

这真是天下奇谈：
“吃了神秘果，
再吃黄连也不苦；
吃了神秘果，
再吃什么都是甜的。”

莫非它比黄连更苦？
莫非它比蜂蜜更甜？
莫非它能消灭味觉？
莫非它使我们麻木不仁？

吃了苦的，
才知道有甜的；
吃了甜的，
才知道有苦的；
要是我们不知甜、酸、苦、辣，
活着还有什么滋味？

只有尝尽了悲欢离合，
才知道什么是幸福。[1]

一九七九年三月三日　海南岛

希望

内容速览

这首诗通过大量的拟人和比喻，展现了诗人对“希望”这个概念的理解，突出了希望的特质，表达了希望与人生的关系。

阅读指南

- **诗歌阅读属性：**【细读】
- **阅读方法落实：**【如何读诗】朗读诗歌，感受诗歌中把希望拟人化、写做“她”的独特巧思。品味诗歌中运用大量比喻和拟人的巧妙。把握诗中把“希望”化为有丰富情感内涵的意象的方法。体会诗人对于“希望”这个抽象概念的理性思考和理解。
- **核心内容感知：**【品味情思】人应该永远追求希望，不要放弃。

诗歌图解

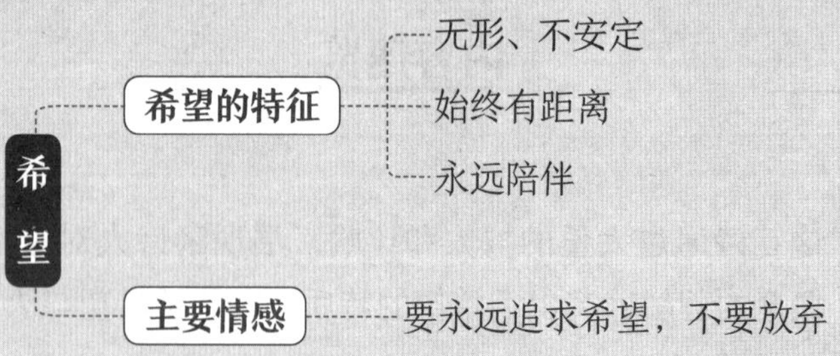

原文阅读

梦的朋友
幻想的姊妹

原是自己的影子
却老走在你前面

像光一样无形
像风一样不安定

她和你之间
始终有距离

像窗外的飞鸟
像天上的流云

像河边的蝴蝶
既狡猾而美丽

你上去，她就飞
你不理她，她撵你

她永远陪伴你
一直到你终止呼吸

老师有话说

【如何读诗】

诗人使用比喻和拟人的修辞手法，将“希望”这一抽象概念具象化，写出了它的变幻无形、美丽飘逸。它承载着人对美好的渴望，会推动着人在追寻中获得成长。

【如何读诗】

诗人用朴素的语言揭示了这样一种哲理：人永远处在对希望的追寻过程中，希望会陪伴到你生命的最后一刻。

古罗马的大斗技场[1]

内容速览

这首诗描绘了古罗马大斗技场，展现了古罗马时代奴隶之间被迫厮杀的血腥场景，表达了对奴隶深切同情的同时谴责了残忍的奴隶主及其带来的压迫，歌颂了觉醒的奴隶起义。

阅读指南

- **诗歌阅读属性：**【细读】
- **阅读方法落实：**【如何读诗】朗读诗歌，感受诗歌中宏大的场景和画面。品味诗歌语言中澎湃的热情和气魄。体会诗人对世界人民命运的关注。
- **核心内容感知：**【品味情思】体会诗人对奴隶主和奴隶思想的抨击。

诗歌图解

- 古罗马的大斗技场
  - **写作背景**
    - 艾青1979年6月访问意大利首都罗马之后，写下了这首政治抒情长诗
  - **结构**
    - **由蟋蟀相斗引入对古罗马大斗技场的介绍**
    - **奴隶被迫厮杀的场景**
      - 任人宰割的角斗士
      - “阴沉”的打手
      - 无情丑陋的看客
    - **对残暴奴隶主的谴责，对奴隶起义的赞颂**
    - **对古罗马大斗技场的思考**
  - **主要情感**
    - 对残暴奴隶主的谴责
    - 对奴隶的同情

老师有话说

1- 拓展知识

大斗技场位于意大利，古罗马时期被用作角斗士格斗、人与动物搏斗的场所。1979年，诗人69岁的时候，跟随“中国人民友好访问团”应邀访问意大利首都罗马，在参观了古罗马的大斗技场的建筑遗迹后，内心久久不能平静，写下了这首诗。

【如何读诗】

在诗的开始，诗人先以大众熟悉的蟋蟀相斗引入全篇，把蟋蟀相斗的场景描绘得激烈、残酷，让读者对斗技场中奴隶相斗的场景有了初步感知，并为后文埋下伏笔。

原文阅读

也许你曾经看见过
这样的场面——
在一个圆的小瓦罐里
两只蟋蟀在相斗，
双方都鼓动着翅膀
发出一阵阵金属的声响，
张牙舞爪扑向对方
又是扭打、又是冲撞，
经过了持久的较量，
总是有一只更强的
撕断另一只的腿
咬破肚子——直到死亡。

古罗马的大斗技场
也就是这个模样，
大家都可以想象
那一幅壮烈的风光。

古罗马是有名的“七山之城”
在帕拉丁山的东面
在锡利山的北面
在埃斯揆林山的南面
那一片盆地的中间
有一座——可能是
全世界最大的斗技场，
它像圆形的古城堡
远远看去是四层的楼房，

每层都有几十个高大的门窗
里面的圆周是石砌的看台
可以容纳十多万人来观赏。

想当年举行斗技的日子
也许是一个喜庆的日子
这儿比赶庙会还要热闹
古罗马的人穿上节日的盛装
从四面八方都朝向这儿
真是人山人海 —— 全城欢腾
好像庆祝在亚洲和非洲打了胜仗
其实只是来看一场残酷的悲剧
从别人的痛苦激起自己的欢畅。

【如何读诗】

对上层人来说，举行角斗的日子是“喜庆”“热闹”“欢腾”的，但对于奴隶来说，却是痛苦，甚至是死亡的日子，两者形成了鲜明的对比，体现了悬殊的阶级差距，上层人的快乐建立在下层人的痛苦上，这的确是一场“残酷的悲剧”。

号声一响
死神上场

当角斗士的都是奴隶
挑选的一个个身强力壮，
他们都是战败国的俘虏
早已妻离子散、家破人亡，
如今被押送到斗技场上
等于执行用不着宣布的死刑
面临着任人宰割的结局
像畜棚里的牲口一样；
相搏斗的彼此无冤无仇
却安排了同一的命运，
都要用无辜的手

【如何读诗】

对奴隶主来说，奴隶们的生命如草芥一般轻贱，奴隶是他们的玩物，任其宰割。参与角斗的人都是无辜的，但他们却没有选择的权利，一切都是被迫的，唯一的希望就是殊死拼杀，然而这点希望，也异常渺茫。

去杀死无辜的人；
明知自己必然要死
却把希望寄托在刀尖上；

有时也要和猛兽搏斗
猛兽 —— 不论吃饱了的
还是饥饿的都是可怕的 ——
它所渴求的是温热的鲜血，
奴隶到这里即使有勇气
也只能是来源于绝望，
因为这儿所需要的不是智慧
而是必须压倒对方的力量；

看那些“打手”多么神气！
他们是角斗场雇用的工役
一个个长的牛头马面
手拿铁棍和皮鞭
(起先还戴着面具
后来连面具也不要了)
他们驱赶着角斗士去厮杀
进行着死亡前的挣扎；
最可怜的是那些蒙面的角斗士
(不知道是哪个游手好闲的
想出如此残忍的坏点子！)
参加角斗的互相看不见
双方都乱挥着短剑寻找敌人
无论进攻和防御都是盲目的 ——
盲目的死亡、盲目的胜利。

【如何读诗】

三个“盲目的”，道出角斗的本质 —— 毫无意义。对于奴隶来说生死攸关的拼杀，只是奴隶主的玩乐，谁赢谁输其实根本不重要，而奴隶们却要为这无意义的玩乐付出生命的代价。

一场角斗结束了
那些“打手”进场
用长钩子钩曳出尸体
和那些血淋淋的肉块
把被戮将死的曳到一旁
拿走武器和其他的什物，
奄奄一息的就把他杀死；
然后用水冲刷污血
使它不留一点痕迹——
这些“打手”受命于人
不直接去杀人
却比刽子手更阴沉。

再看那一层层的看台上
多少万人都在欢欣若狂
那儿是等级森严、层次分明
按照权力大小坐在不同的位置上，
王家贵族一个个悠闲自得
旁边都有陪臣在阿谀奉承；
那些宫妃打扮得花枝招展
与其说她们是来看角斗
不如说到这儿展览自己的青春
好像是天上的星斗光照人间；
有“赫赫战功”的，生活在
奴隶用双手建造的宫殿里
奸淫战败国的妇女；
他们的餐具都沾着血

【如何读诗】

此处是对清理场地的描写，一切都显得那么冰冷，阴沉的“打手”，冷漠的动作。刚才还鲜活的生命刹那间失去声息，冲刷到直至没有一点痕迹，诗人通过对角斗结束后场面的描写，抒发了内心对上层阶级漠视人民的愤慨，诗人认为发号施令的人的手比角斗士的手更加血腥。

【如何读诗】

诗人把视角从斗技场内部切换到看台，斗技场中的奴隶与看台上的上层人士形成鲜明对比，这些看似高贵的上层人士，他们所享受的生活无处不在压迫奴隶，他们表面是光鲜亮丽的，内里却是无比丑恶的。

他们赞赏血腥的气味；
能看人和兽搏斗的
多少都具有兽性——
从流血的游戏中得到快感
从死亡的挣扎中引起笑声，
别人越痛苦，他们越高兴；
（你没有听见那笑声吗？）
最可恨的是那些
用别人的灾难进行投机
从血泊中捞取利润的人，
他们的财富和罪恶一同增长；

斗技场的奴隶越紧张
看台上的人群越兴奋；
厮杀的叫喊越响
越能爆发狂暴的笑声；2
看台上是金银首饰在闪光
斗场上是刀叉匕首在闪光；
两者之间相距并不远
却有一堵不能逾越的墙。
这就是古罗马的斗技场
它延续了多少个世纪
谁知道有多少奴隶
在这个圆池里丧生。
神呀，宙斯呀，丘比特呀，耶和华呀
一切所谓“万能的主”呀，都在哪里？
为什么对人间的不幸无动于衷？
风呀，雨呀，雷霆呀，

2- 考点 写作手法

斗技场上的惨烈和看台上的欢乐场面形成了强烈的对比，给读者以心灵的震撼，更加突出了奴隶的悲惨命运和看台上上层人士的无情残忍。

为什么对罪恶能宽容？

奴隶依然是奴隶
谁在主宰着人间？
谁是这场游戏的主谋？
时间越久，看得越清：
经营斗技场的都是奴隶主
不论是**老泰尔克维尼乌斯**
还是**苏拉**、**凯撒**、**奥大维**[3]……
都是奴隶主中的奴隶主 ——
嗜血的猛兽、残暴的君王！

“不要做奴隶！
要做自由人！”
一人号召
万人响应
为了改变自己的命运
就要捣毁万恶的斗技场；
把那些拿别人生命作赌注的人
　钉死在耻辱柱上！
奴隶的领袖
只有从奴隶中产生；
共同的命运
产生共同的思想；
共同的意志
汇成伟大的力量。
一次又一次地举起义旗
斗争的才能因失败而增长

3- 拓展知识

老泰尔克维尼乌斯、苏拉、凯撒、奥大维都是古罗马帝国的执政官。

【如何读诗】

“不要做奴隶！/要做自由人！”这是奴隶的呐喊，也是诗人的呐喊，把奴隶当作玩乐的奴隶主，就应该“钉死在耻辱柱上”，这是诗人对奴隶主的强烈愤懑与谴责，是诗人和奴隶们站在同一条战线上的振臂高呼！

愤怒的队伍像地中海的巨浪
淹没了宫殿，掀翻了凯旋门
冲垮了斗技场，浩浩荡荡
觉醒了的人们誓用鲜血灌溉大地
建造起一个自由劳动的天堂！

如今，古罗马的大斗技场
已成了历史的遗物，像战后的废墟
沉浸在落日的余晖里，像碉堡
不得不引起我疑问和沉思：
它究竟是光荣的纪念，
还是耻辱的标志？
它是夸耀古罗马的豪华，
还是记录野蛮的统治？
它是为了博得廉价的同情，
还是谋求遥远的叹息？

时间太久了
连大理石也要哭泣；
时间太久了
连凯旋门也要低头；
奴隶社会最残忍的一幕已经过去
不义的杀戮已消失在历史的烟雾里
但它却在人类的良心上留下可耻的记忆
而且向我们披示一条真理：
血债迟早都要用血来偿还；
以别人的生命作为赌注的
就不可能得到光彩的下场。

【如何读诗】

诗人从历史和时代的角度出发，对古罗马斗技场进行了深入的描写，但是他的眼神注视着当下，“它究竟是光荣的纪念，还是耻辱的标志？”一问上升到了历史和文明的高度，带有深刻的哲理性和现实意义。

说起来多少有些荒唐 ——
在当今的世界上
依然有人保留了奴隶主的思想，
他们把全人类都看作奴役的对象
整个地球是一个最大的斗技场。4

一九七九年七月　北京

4- 考点　把握主旨

“血债迟早都要用血来偿还”，这是诗人对过去奴隶制的强烈批判，且给人们敲响了警钟，即当今世界上仍然有奴隶主的思想存在，并对此进行了强烈的谴责。同时也告诉我们，应该着眼于现实和未来，关注人民的命运。

失去的岁月

内容速览

这首诗运用大量比喻，把无形的情感化为有形的事物，表达了对那些“失去的岁月”的悲哀和时间无法挽回的无奈。

阅读指南

- **诗歌阅读属性：**【细读】
- **阅读方法落实：**【如何读诗】朗读诗歌，感受诗歌的“散文美”。品味诗歌质朴的语言，以及诗人用生活小事来比喻岁月的精妙。体会诗歌对岁月、对时间的哲思性理解。
- **核心内容感知：**【品味情思】体会诗人对失去的岁月的悲叹和无奈。

诗歌图解

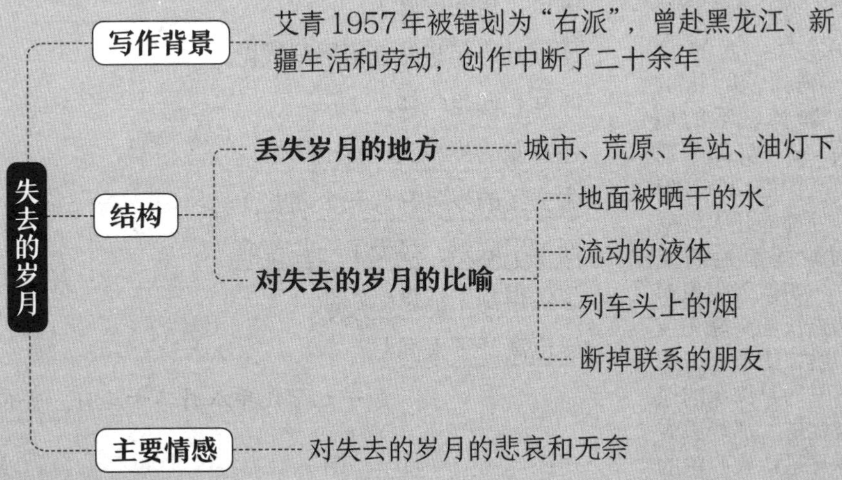

原文阅读

不像丢失的包袱
可以到失物招领处找得回来，
失去的岁月
甚至不知丢失在什么地方——
有的是零零星星地消失的，
有的丢失了十年二十年，
有的丢失在喧闹的城市，
有的丢失在遥远的荒原，
有的是人潮汹涌的车站，
有的是冷冷清清的小油灯下面；
丢失了的不像是纸片，可以捡起来，
倒更像一碗水泼到地面
被晒干了，看不到一点影子；
时间是流动的液体——
用筛子，用网，都打捞不起；
时间不可能变成固体，
要成了化石就好了，
即使几万年也能在岩层里找见。
时间也像是气体，
像急驰的列车头上冒出的烟！
失去了的岁月好像一个朋友，
断掉了联系，经受了一些苦难，
忽然得到了消息：说他
早已离开了人间[1]

一九七九年八月二十二日　哈尔滨

老师有话说

【如何读诗】

运用六个“有的”构成排比句式，通过描写“城市”“荒原”“车站”“小油灯下面”这些极热闹和极冷清场景，在热闹和冷清的对比转换下将时间匆匆流去的面貌呈现在我们面前，时间不断流逝，人也颠沛流离，心酸和无奈喷涌而出。

1-考点　写作手法

运用一系列有形的物体去比喻无形的岁月，“地面被晒干的水”“流动的液体”“列车头上的烟”“断掉联系的朋友”，每一处场景都是生活中的细节，但每一处都能让人感受到对时间流逝的无奈，一切似曾相识而仔细查找却又毫无痕迹，质朴的语言中透露出来的是深深的遗憾与忧伤。那些丢失的岁月是诗人心中的伤痕。

关于眼睛（两首）

内容速览

两首诗都写了眼睛，第一首诗写了三双不同的眼睛，展现了不同的人生经历，第二首诗通过眼睛展现了人生的喜怒哀乐，极富哲理性。

阅读指南

- **诗歌阅读属性：**【细读】
- **阅读方法落实：**【如何读诗】朗读诗歌，感受诗歌中排比和复沓带来的节奏感。品味诗歌中善于抓住生活细节的细腻描绘。
- **核心内容感知：**【品味情思】体会诗人刻画的“眼睛”中蕴含的生活哲理。

诗歌图解

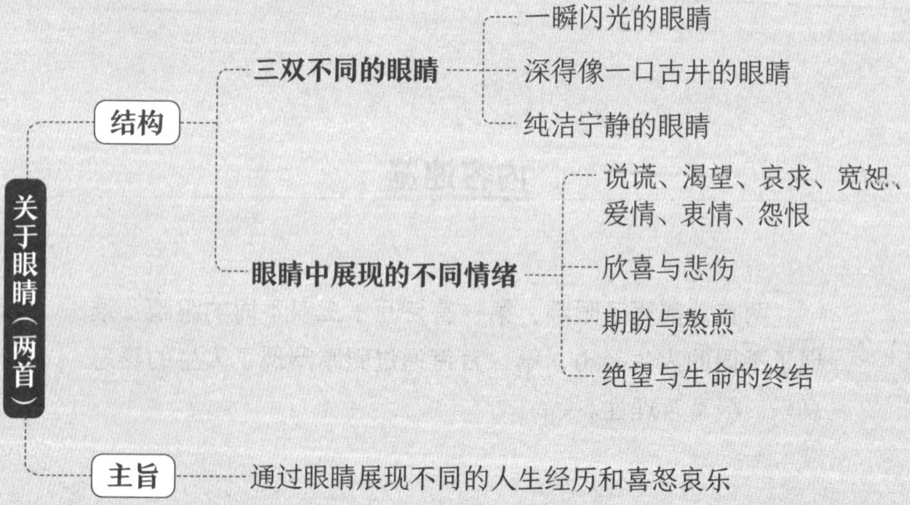

原文阅读

你说眼睛是灵魂的窗子
我说眼睛是灵魂的镜子

你说世界上最美的是眼睛
我说最可怕的也是眼睛

有那么一双眼睛
在没有灯光的夜晚
你和她挨得那么近
突然向你闪光
又突然熄灭了
你一直都记着那一瞬

有那么一双眼睛
深得像一口古井
四周有水草丛生
你只向井里看了一眼
经过多少年
你还记得那古井

有那么一双眼睛
又大又澄碧
蓝天一样纯洁
月光一样宁静
你没有勇气看它
因为你不敢承担
它对你的信任

老师有话说

【如何读诗】

眼睛是我们十分重要的器官，人们常说眼睛是心灵的窗户，是最美的，诗人在开头两小节却一反常态，说眼睛是镜子，是可怕的，两个鲜明的对比，在开篇便带给读者哲理性的思考。

【如何读诗】

三个“有那么一双眼睛”形成排比句式，表面上写的是三双不同的眼睛，其实是在通过眼睛写三种不同的人生经历，富有内涵。并且对于眼睛的描写也极为细腻优美，“一瞬的闪光”“深得像一口古井”“蓝天一样纯洁 / 月光一样宁静”，诗人运用生动的描绘和高度概括，通过眼睛使读者看到人生百态。

又一章

灵魂的窗子
秘密的锁孔
从它那儿
可以窥探内心

说谎的眼睛
渴望的眼睛
哀求的眼睛
宽恕的眼睛
爱情的眼睛
梦似的飘忽不定
有时诉说衷情
有时夹着怨恨[1]

1-考点 写作手法

人的情感是多样的，诗人根据自己的人生阅历，将其高度凝练并进行艺术化的处理，同时选择通过眼睛来写人生，人生的喜怒哀乐被诗人放进可以表达情感的眼睛来展现，十分自然又富有表现力，展现了诗人高深的写作技巧。

欣喜若狂
无限悲伤
都通过眼睛

仇恨在胸中燃烧
眼睛里冒出火星

面对茫茫大海
热切的期待归帆

忍受着熬煎的

是望穿秋水的眼睛

最宁静的时刻
一片落叶
睫毛 —— 窗帘的震动
一次心跳

你从绝望中
滴下泪水
洗涤你的心
沉浸于安静

生命的黄昏来临
然后你把窗户闭紧

一九七九年九月四日早晨

【如何读诗】

人在绝望痛苦的时候，眼睛里会流出眼泪，而眼泪又会成为一种慰藉来洗涤心灵。而将眼睛合上，也意味着终结。诗人把人生哲理都浓缩进了对眼睛的刻画里，使诗歌富有哲理性，通过刻画的现象引发读者思考。

彩色的诗

——读《林风眠[1]画集》

内容速览

这首诗用平静、优美的语言，描写了林风眠的画作，生动传神。

阅读指南

- **诗歌阅读属性：**【细读】
- **阅读方法落实：**【如何读诗】朗读诗歌，注意诗歌中体现的视觉艺术效果，感受“文字的绘画”。品味诗歌语言中色彩带来的美感。把握“色彩”与“画”意象的内涵。
- **核心内容感知：**【品味情思】体会诗人对林风眠及其画作的赞美，对自由创作的追求。

诗歌图解

彩色的诗

- **写作背景**
  - 艾青在看完老师林风眠的作品《林风眠画集》后，写下了这首《彩色的诗》
- **结构**
  - 林风眠的画作内容和风格
  - 林风眠对绘画的追求
  - 林风眠的遭遇
- **主要情感**
  - 对林风眠及其画作的赞美
  - 对自由创作的追求

原文阅读

画家和诗人
有共同的眼睛
通过灵魂的窗子
向世界寻求意境

色彩写的诗
光和色的交错
他的每一幅画
给我们以诱人的欢欣

他所倾心的
是日常所见的风景
水草丛生的潮湿地带
明净的倒影，浓重的云层

大自然的歌手
篱笆围住的农舍
有一片蓝色的幽静
远处是远山的灰青

山麓的溪涧和乱石
暮色苍茫中的松林
既粗犷而又苍劲
使画面浓郁而深沉

也有堤柳的嫩绿
也有秋日的橙红

老师有话说

1- 拓展知识

林风眠：画家、艺术教育家，著有《中国绘画新论》《林风眠画集》等。他是艾青在国立艺专时期的校长，曾鼓励艾青去欧洲留学，接触欧洲的现代派诗歌。

【如何读诗】

艾青自己也是一名画家，所以他能够在画家和诗人看待世界的方法中找到共同点，那就是寻求“意境”的美。

【如何读诗】

林风眠喜爱的是“日常所见的风景”，“彩色的诗”是艾青对林风眠画作的概括，也是这首诗歌语言的主要特点。“蓝色”“灰青”“嫩绿”“橙红”等众多颜色，和“农舍”“乱石”“松林”等朴素却真实纯粹的景物一起，将林风眠的画卷在读者眼前缓缓拉开，真正做到了“诗中有画，画中有诗”。

也有荒凉的野渡
也有拉网的渔人

对芦苇有难解的感情
从鹭鸶和芦苇求得和谐
迎风疾飞的秋鹜
从低压的云加强悲郁的气氛

具有慧眼的猫头鹰
抖动翅膀的鱼鹰
从公鸡找到民间剪纸的单纯
从喧闹的小鸟找到儿童画的天真

新的花，新的鸟
新的构思，新的造型
大理花的艳红，向日葵的粉黄
洁白的荷花，绣球花的素净

柠檬嫩黄，苹果青青
樱花林中，小鸟啼鸣
线条中有节奏
色彩中有音韵

凌乱中求统一
参错中求平衡
玻璃的杯子，玻璃的缸
细颈的大瓶，古装的美人

【如何读诗】

“线条中有节奏 / 色彩中有音韵”这是艾青将林风眠的画作称为“彩色的诗”的原因。在他的画作中，色彩和物品都带着动态的美感，颜色运用明亮鲜快，动物刻画活灵活现，立体化的作品给人以美的享受，赞美作品的同时也突出了林风眠绘画技艺的高超。

泥色皮肤的少女
在弹奏古筝
如纱的衣裙
柔如梦，轻如云

深刻地观察对象
具备激越的感情
更有装饰画的趣味
力求朴素而又鲜明

【如何读诗】

坚持风格，但不墨守成规，不断在技法上探索创新。这是诗人对林风眠绘画精神的赞美。

坚持自己的风格
最痛恨守旧因循
在技法上不断探索
破除对传统的迷信

从石涛到白石老人
从塞尚到高更
不断地扩大视野
具有大无畏的精神

他所给予我们的
是他所最喜爱的
他以忠诚的心
唱出最美的歌声

但是在十年的灾难岁月
他受到“四人帮”的监禁
度过的是寂寞的痛苦

冷酷的迫害和无情的否定

如今已近八十的高龄
终于得到了平反改正
即使在遥远的异邦
对祖国的怀念更深沉

绘画领域中的抒情诗人
抱着最坚定的信心
离开了自由创作
谈不上艺术生命

一九七九年冬　北京

【如何读诗】

“离开了自由创作 / 谈不上艺术生命”，是诗人对林风眠的评价，也是诗人终身艺术追求的写照。无论是绘画还是诗歌，都需要自由，美与自由密不可分，而这也是诗人自己一生的追求。

无题

内容速览

这是一首格言诗，通过种种类比，表达了诗人对民主与法制关系的思考，意味隽永。

阅读指南

- **诗歌阅读属性：**【细读】
- **阅读方法落实：**【如何读诗】朗读诗歌，感受诗歌整齐的句式。品味诗歌富有条理、警策的语言。
- **核心内容感知：**【品味情思】体会诗人对民主和法制关系的思考。

诗歌图解

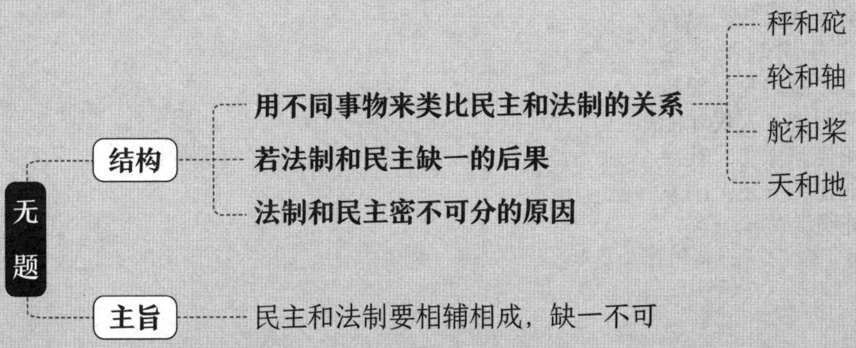

原文阅读

秤和砣不可分离
轮和轴必须相连
舵加桨扬帆千里
天和地人在中间

没有法制的民主
打砸抢司空见惯
没有民主的法制
老子一个说了算

有法制也要民主
为防止封建特权
有民主也要法制
安定团结向前看

一九七九年十二月二十四日　北京

老师有话说

【如何读诗】

用秤和砣、轮和轴、舵和桨、天和地的紧密关系来比喻民主和法制的关系，生动形象地说明了民主和法制是相辅相成的，便于读者理解。

【如何读诗】

为什么民主和法制缺一不可，密不可分？诗人从正反两面展开论述，只有民主没有法制，那就不利于社会稳定和谐；只有法制没有民主，就有可能会导致强权。只有民主与法制和谐统一，才能避免封建特权的出现，人民才能真正当家做主，社会才能团结安定，国家才能稳步发展。

阅读思考

基础测评

❶ “但你是沉默的，/ 连叹息也没有，/ 鳞和鳍都完整，/ 却不能动弹；/ 你绝对的静止，/ 对外界毫无反应，/ 看不见天和水，/ 听不见浪花的声音。”出自艾青的《__________》。

❷ 下列诗歌写于诗人“归来”后的是（　　）

A.《我爱这土地》　　B.《北方》

C.《雪落在中国的土地上》　　D.《光的赞歌》

❸ 下面对《艾青诗选》内容的表述，不正确的是（　　）

A.《鱼化石》写鱼被埋进灰尘变成了化石，重见天日时已经没有了生命，没有了活力，表现了时间能冲淡一切的主题。

B. 在《鱼化石》中，从“活着就要斗争，在斗争中前进”可以体会到诗人对革命的崇高热情，以及愿为革命奉献生命的伟大思想感情。

C.《艾青诗选》中常借“太阳”表达对光明、理想、美好生活的热烈追求。

D. 在《盆景》中，艾青批评了扭曲人性的社会现象。

专题探究

请根据你的阅读体会，简要分析艾青沉寂“归来”后所写诗歌的艺术特色。

参考答案

老师有话说

【考题链接】

【答案】《礁石》一诗，描写了礁石与浪花、狂风对抗的场景，以礁石直面浪花冲刷象征战胜困难的必胜决心和乐观精神。诗人将这种情感寓于平凡事物——礁石中，言在此而意在彼，这种写作手法让人通过礁石联想到一个大无畏的英雄形象、一个奋起反抗的国家，指引我们笑迎挑战，不畏强暴、不屈不挠战胜困难。

【解析】本题考查诗歌意象与手法的分析能力。结合无数浪花被礁石打成碎沫和礁石屹立海边，可提炼出礁石坚定、顽强的抗争精神以及百折不回、乐观从容的伟大形象。再结合时代背景进行分析，可得出礁石正是革命斗士乐观、永不屈服精神的象征。言之有理即可。

阅读思考

基础测评

1. 鱼化石　2. D　3. A

专题探究

【示例】艾青沉寂“归来”后的诗歌的艺术特点主要有以下三点：一是围绕当下政治生活，关注祖国和人民的状况；二是富含哲理性，通过对简单事物的刻画给人以启迪；三是写作手法朴素、明快，多用象征。

（一）直面祖国的历史和未来，关注祖国和人民。

在沉寂“归来”后，艾青依旧深沉地热爱着脚下的这片土地，创作了许多反思历史和现实的诗，如《听，有一个声音……》对重大政治事件做了严肃思考，表达了对烈士的崇敬和缅怀；《光的赞歌》和《古罗马的大斗技场》则是他对人生、历史、社会发展等话题的诗意总结，表达了自己对光明、真理、希望的一以贯之的追求。

（二）善于通过常见事物表达深刻的哲思。

艾青“归来”后，丰富的人生阅历使得他的诗作中常常蕴含着深刻的人生哲理。诗人十分擅长描绘事物的特点，在创作中，常常会对日常生活现象进行高度的概括和分析，在具象化描述中生发出更深刻的内涵与哲理。比如《关于眼睛》，全诗都在描写“眼睛”，但又将人生百态灌注其中，通过眼睛折射人生，引发读者深刻的思考。

（三）写作手法的改变，抒情对象的扩大。

艾青“归来”后，诗歌常用象征手法来叙事抒情，如《鱼化石》中用鱼化石被尘土掩埋比喻自己的沉寂岁月。“归来”后的艾青同时也改变了早年创作中的朦胧和隐晦，追求朴素、明快的风格。如《失去的岁月》中，将失去的时间比作急驰列车头上冒出的烟和断掉联系的朋友，将时间流去无可挽回的遗憾和悲痛展现在读者面前。